广 雅

聚焦文化普及，传递人文新知

广大而精微

故事里的中国 6

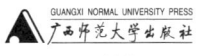

公孙策 著

制胜之道

广西师范大学出版社
·桂林·

制胜之道
ZHISHENG ZHI DAO

本书中文繁体字版本由城邦文化事业股份有限公司-商周出版在台湾出版，今授权广西师范大学出版社集团有限公司在中国大陆地区出版其中文简体字平装本版本。该出版权受法律保护，未经书面同意，任何机构与个人不得以任何形式进行复制、转载。

著作权合同登记号桂图登字：20-2022-058 号

图书在版编目（CIP）数据

制胜之道 / 公孙策著. --桂林：广西师范大学出版社，2023.9
（故事里的中国；6）
ISBN 978-7-5598-6354-6

Ⅰ．①制… Ⅱ．①公… Ⅲ．①战役－中国－古代－通俗读物 Ⅳ．①E291-49

中国国家版本馆 CIP 数据核字（2023）第 173068 号

广西师范大学出版社出版发行

（广西桂林市五里店路 9 号　邮政编码：541004）
　网址：http://www.bbtpress.com
出版人：黄轩庄
全国新华书店经销
广西广大印务有限责任公司印刷
（桂林市临桂区秧塘工业园西城大道北侧广西师范大学出版社集团有限公司创意产业园内　邮政编码：541199）
开本：787 mm×1 092 mm　1/32
印张：7.125　　字数：142 千
2023 年 9 月第 1 版　　2023 年 9 月第 1 次印刷
定价：55.00 元

如发现印装质量问题，影响阅读，请与出版社发行部门联系调换。

序
化险为夷是运气，履险如夷才是本事

完成这本历史故事，得到一个很好的收获：由于印证《孙子兵法》，发现那几场改变历史的战役，往往是运气使然，但所有名将都不靠运气，都是凭本事。

例如昆阳之战，是因为玄汉诸将刚好都在昆阳，而王莽大军已经逼近眼前，无处可逃，才造成昆阳"城小而坚，兵多粮足"，否则任凭刘秀再怎么勇敢，恐怕也没机会打赢这么一场扭转乾坤的大战，最终成就了东汉王朝。换言之，当时会出现那样的情境，有运气的成分。（当然不能以此否定刘秀的成功。）

但是名将不靠运气，例如韩信，称得上用兵如神，他暗度陈仓、安渡井陉、木罂渡河，"三渡"都是涉险，却都不是碰运气，而是建立在精确的情报与敌情研判上面。

于是提供给本书读者一个建议：从名将的故事，学他们如何正确执行《孙子兵法》的心法；而战役部分要正反面一起看，看胜方的正确决策，也看败方的失误。

我讲孙子兵法时，最常被问到的，是这两个问题：

现代人学《孙子兵法》干什么？

二千五百年前的兵法书，今天还管用吗？

我的回答，总是先引述一则新闻：硅谷的高科技大厂在近一两年，雇用了一百多名特战部队退役军官。我反问学员："那可不是少数，而是一两百位喔。不具备高科技知识背景的特战人员，能对科技公司有什么贡献？"

然后我给出我的答案："硅谷的高科技大厂都曾领一时之风骚，事实上，这个世界也因为高科技产品不断推陈出新而改变。然而，世界变得太快了，变化的面向太广了，变革的内容太深了——这是一个巨变时代，太多前所未遇的状况随时出现，连高科技公司都难以处理，而特战高手正是处理前所未遇状况的专家。"

战场，正是变化最快、最大的地方；战场上每一个士兵的心思都不一样，所以战场又是变化最复杂的地方；同时你可以确定，你的敌人肯定用尽心思制造让你无法预测的状况，正如你肯定也会那样对待他。

这就是现代人学兵法的用处所在：因应巨变时代，处理复杂且前所未遇的状况。

中国的兵法书很多，可是愈往后，兵法书就愈专业，也就是只适用于军事（如布阵、战术编组等）。而《孙子兵法》是心法，从国家战略到战场布局，更能深入分析军队在各种处境下的心态与指挥官处理原则，即使在二千五百年后的今天，由于人性并没有改变，所以仍然适用，而且适用于几乎每一个领域，包括商战、管理、投资，乃至就业、跳槽。

特别是后二者，社会新鲜人选择"要不要加入这个企业"，其实跟"要不要发动一场战争"或"要不要转换战场"情况一样——复杂且没有经验可循。

我二十多年前首次讲《孙子兵法》就发现，多数人对经典句解的耐性很低，可是都喜欢听实战印证，也就是历代名将的取胜之道，他们是如何印证《孙子兵法》，或看似不合《孙子兵法》，其实正合《孙子兵法》的精义（例如韩信攻赵）。

因此，这本书完全就是实战印证：包括十场足以扭转天下大势的战役过程，以及十位用兵如神的名将事迹，看他们如何将《孙子兵法》的心法运用于处理"复杂且前所未遇"的状况。

关键战役既然是历史的转折点，本书乃以时间为轴线，自古代到近代，一路写下来，等于顺便将中国历朝做了一次爬梳。同时整理出一张图表，让读者可以一目了然。

公孙策

重大战役与朝代嬗替示意图表

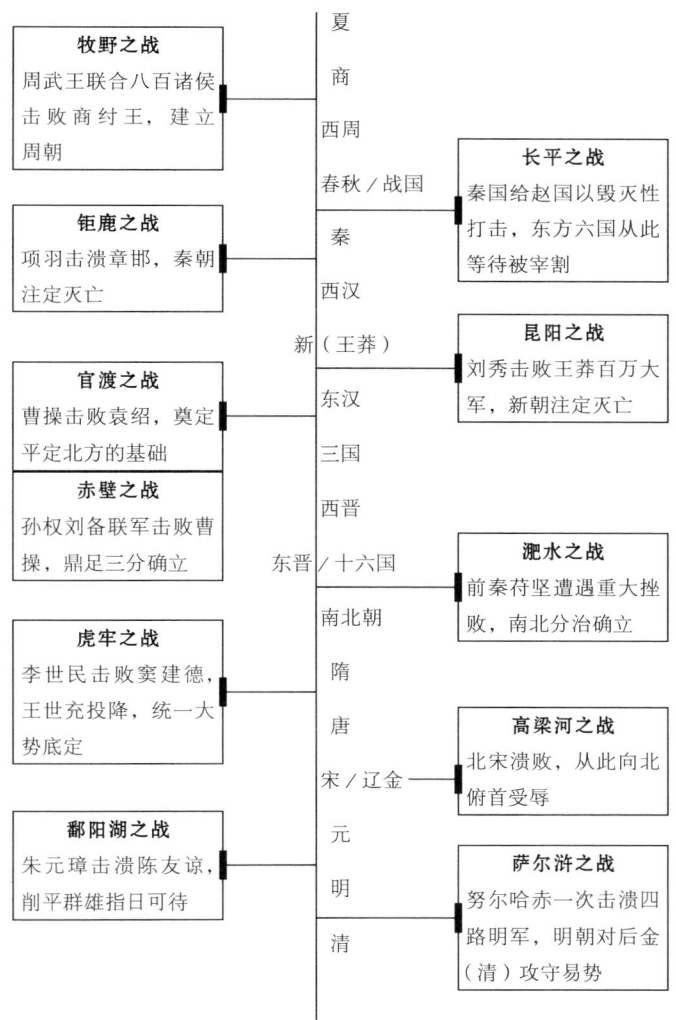

目录

序

i　化险为夷是运气，履险如夷才是本事

前事

3　兵家祖师爷姜子牙
10　兵圣孙武

本事

21　(一) 司马穰苴——不战而屈人之兵
26　(二) 吴起——为小兵吮疽的大将
34　(三) 长平之战——秦军坑杀四十万赵卒
44　(四) 钜鹿之战——项羽破釜沉舟
53　(五) 韩信——置之死地而后生
66　(六) 昆阳之战——以寡击众以弱胜强的经典

- 76　⑦ 班超——三十六人威震西域
- 86　⑧ 官渡之战——曹操把握住袁绍的每一个失误
- 96　⑨ 赤壁之战——心态影响了战术，风向决定了结果
- 104　⑩ 诸葛亮——最会处理败战的名将
- 117　⑪ 淝水之战——风声鹤唳，草木皆兵
- 127　⑫ 虎牢之战——围点打援，以逸待劳
- 139　⑬ 李靖——迅雷不及掩耳
- 148　⑭ 徐世勣——智勇忠义兼备
- 157　⑮ 高梁河之战——北宋败在逃得比契丹快
- 165　⑯ 岳飞——运用之妙，存乎一心
- 175　⑰ 鄱阳湖之战——朱元璋『猎杀』陈友谅
- 186　⑱ 戚继光——近代中国的练兵宗师
- 195　⑲ 萨尔浒之战——大明从此不敢望关外
- 204　⑳ 左宗棠——政治军事财政算计高手

前事

有提三万之众而天下莫当者谁?

曰:武子也。

——《尉缭子·制谈》

兵家祖师爷姜子牙

中国历史上的第一场决定性战役,传统说法是黄帝战胜蚩尤的"涿鹿之战",但那一场战役的神话含量太高。三千多年信史当中的第一场决定天下大势之战,应属周武王伐纣的牧野之战。

牧野之战的胜方是"八百诸侯联军",也就是来自四面八方的八百个部落。那时候八百个部落各自说不同的语言,穿不同的服装,操不同的兵器,总兵力虽然推估可达数十万人,但肯定是一支完全没有默契的杂牌军。

他们的对手是当时的天下共主殷（商）王朝。根据考古证据，殷商民族的铸青铜技术远高于同时代的其他民族，在新石器时代，那意味着国防科技超级领先，因此它是个好战民族，一贯以武力平服不顺从的部落，军队战无不胜。虽然一部分军队远征东夷，但是朝歌（殷王朝都城，在今河南境内）政府仍然动员了七十万部队，服装、武器整齐划一，指挥系统明确。

但是，结果却是杂牌军大胜正规军：杀死十八万人，俘虏三十三万人。联军为什么能赢？所有功劳都指向一个人：联军总司令姜太公，他也因此成为中国兵家的始祖。

姜太公是尊称，他还有很多名字：本姓姜，名牙；祖先封地在吕，所以又称吕牙；《史记》称他为吕尚；小说里称他姜尚；民间则多半称他姜子牙。古人名字中间加个"子"是尊敬之意。

起初，姜子牙空有一肚子本事，却只能在殷商都城朝歌屠牛为生（摆牛肉摊）。当时，由于殷纣王无道，人心离异，诸侯都心向西伯，也就是周文王姬昌，很多才学之士投奔西岐的周国。姜子牙既然不得志于殷，也就转去西岐碰碰运气。

姜子牙跟其他人不一样，他没有去向西伯自我推销，而是每天到渭水滨去钓鱼。据说，他钓鱼的鱼钩是直的，于是有"姜太公钓鱼——愿者上钩"的歇后语。事实上，姜子牙想钓的不是鱼，而是人，也就是西伯姬昌，而且期待"愿者上钩"。终于，给他等到了，西伯上钩了！

那一天，西伯要出外打猎，先卜一卦，卦辞说："今天的猎获物，非龙非螭，非虎非罴，而是霸王的辅佐。"

西伯在渭水滨遇到了姜子牙，一番交谈之后，惊为天人，说："我家太公曾说：'将来会有圣人来到我们周国，周国就此兴盛。'阁下莫非就是那位圣人吗？我太公盼望你好久了！"于是载姜子牙一同回城，奉为国师，尊称他为"太公望"，这是姜子牙被称为姜太公的由来。

西伯采纳姜太公的战略，一方面修德以招揽天下人心，一方面致力富国强兵。渐渐地，天下诸侯（其实都还是部落）三分之二归心周西伯，称他为"文王"，而周集团的实力，此时已经可以跟殷集团相抗衡。

文王崩逝，儿子姬发继位为周武王，尊姜子牙为"师尚父"，取意"师之，尚之，父之"，也就是言听计从、最高礼遇、事之如父。

周武王决定讨伐殷纣王，由姜子牙担任总司令，周军渡过黄河，到达盟津（黄河渡口）。四方诸侯前来会师，为数八百。八百诸侯都主张一鼓作气攻向朝歌，可是武王对他们说："还不行。"于是诸侯各自回家。

大军集结却无功而返，这不是犯兵家之大忌吗？周武王号召诸侯会师，诸侯来了，却又让大家回去，那不是寻开心吗？

事实上，那是姜子牙的既定计划——先试探八百诸侯的向心力与动员能量。了解己方实力足以一战之后，耐心等待敌方露出破绽。

周武王派出探子,刺探朝歌内部情况,探子回报:"殷已经乱了。"武王问:"乱到什么程度了?"回答:"谗慝小人凌驾贤良之士。"武王说:"还不行。"

探子再去,又回报:"乱象更严重了。"武王:"乱到什么程度?"答:"贤良之士出走了。"武王:"还不行。"

探子又去,又回报:"混乱到极点了。"问:"到什么程度了?"答:"老百姓已经不敢批评、抱怨了。"周武王听到这个,"喔"了一声,即刻将情况告诉姜太公。

姜子牙说:"谗慝凌驾贤良,显示国君是非不明,贤良受到羞辱,国政势必大坏;贤良之士出走,政府将无能解决人民的问题,迟早崩盘;百姓不敢批评、抱怨,显示刑罚太过。殷国的确已经乱到极点,无以复加了。"

于是再向诸侯发出通告,约期会合。周军动员兵车三百乘,虎贲(勇武之士)三千人,甲士四万五千人,向东进发,再次渡过盟津,与诸侯会合。武王对诸侯说:"这次必须一举成功,我们不可能有下次机会!"

联军在距离朝歌七十里外的牧野集结,周武王与诸侯一同誓师,姜子牙则颁布了他的战斗指导军令:"六步七步",每前进六步或七步,要停下来齐整队形,然后继续前进;"四伐五伐六伐七伐",军队每刺击四、五、六、七下,必须重整一次队形。

指挥一支来自八百个部落,语言不一样、服装不一样、兵器不一样，人数却多达数十万人（史书记载兵车四千乘，以每乘搭配一百步兵估算）的杂牌军，姜子牙的首要课题是，如何使我军不致因无法辨识而自相残杀；其次是如何让杂牌军发挥整体战力。而"六七"步与"四五六七"伐，就是他想出来的，简单易懂，又能始终维持集体战力的战斗指令。在新石器时代，指挥一个来自八百个部落的数十万人大军团，那称得上是天才设计了。

然而，杂牌军作为锋锐，冲击力却不够。因此，姜子牙率一百名健卒打冲锋，武王率"大卒"（主力部队，包括兵车三百五十乘，虎贲三千人，士卒二万六千二百五十人）随后跟进。

纣王这边，虽然人数占优势，可是士卒不愿意为纣王而战，甚至暗自希望周武王能够"拯救他们于倒悬"。周军一发起冲锋，殷军阵脚就出现松动，随后殷军开始"倒兵以战"，也就是自动倒戈，转为帮周武王开路，攻向纣王。七十万大军瞬间崩溃，不可收拾。

纣王见大势已去，逃回朝歌，登上鹿台。鹿台由纣王兴建，用来积聚搜刮来的财宝。他登上鹿台，取一种不怕火烧的"天智玉"，将自己环绕起来，然后自焚而死。

周王朝就此建立，周公完善了封建制度，所有部落与姬姓王族各有封地。

东方比较不平静，所以周武王将姜太公封到齐国去维护东方稳定。后来又发生管蔡之乱，于是武王又授权姜太公：

"东到大海,西到黄河,南到穆陵(山东临朐),北到无棣(辽东半岛西部),都得以征伐。"齐国享鱼盐之利,又得到征伐之权,于是成为东方的大国。

而姜太公的兵法就此在齐国流传下来:《孙子兵法》的作者孙武就是齐国人;在孙武之前,齐国出过一位名将田穰苴,他的兵书《司马法》是"武经七书"之一;战国名将孙膑是孙武的后人;辅佐汉高祖刘邦的张良,在齐地得到黄石公传授"太公兵法";《三国演义》里用兵如神的诸葛亮,也是山东人,他高卧隆中,等待刘备三顾茅庐,不就是姜太公"钓周文王"的翻版吗?以上,能够让我们同意:中国的兵法DNA源自姜太公。

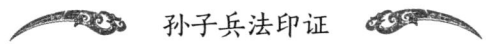 孙子兵法印证

姜太公是兵家祖师爷,当然不能用他的事迹来印证《孙子兵法》,可是《孙子兵法》中却有姜子牙"出现",在《用间第十三》:

> 昔殷之兴也,伊挚在夏;周之兴也,吕牙在殷。……能以上智为间者,必成大功。

这一段叙述了"汤武革命"成功的一大要素:商汤打败夏桀,因为有伊尹(也就是伊挚)辅佐;周武

王打败殷纣王，因为有姜子牙辅佐。而伊尹原本是夏朝的人才，姜子牙熟悉朝歌附近地形（屠牛于朝歌，卖饭于盟津，"盟津"就是周武王会合诸侯的渡口）。换言之，己方的高级人才一旦投靠敌方阵营，就成了敌方的高级"间谍"，因为他能够完全掌握己方虚实。

而周武王与姜太公评估殷国内部"已经乱到无以复加"才出兵，则成为《始计第一》的思想由来：

> 夫未战而庙算胜者，得算多也；未战而庙算不胜者，得算少也。多算胜，少算不胜，而况于无算乎！

多数人读《孙子兵法》，总是想要学习"无敌韬略"，所以初读者很容易误以为"计"就是计谋，但孙武的意思却是"计算"，也包含评估的意思。

简单说，殷国兵力强大，必须它内部乱到相当程度，周国与诸侯联军才有胜算。而姜太公先测试了诸侯联军的动员能力，然后运用情报分析，评估殷国与周国的实力消长，认为有胜算才出兵。

也就是说，姜太公主导的牧野之战为"王道之胜"做了最佳示范，因而成为《孙子兵法》的第一篇主题。

兵圣孙武

《史记》里,孙武几乎是凭空冒出来的,只说他是齐国人,却没有提家世、没有提师承,没有任何背景资料。

《吴越春秋》说,孙武"善为兵法,辟隐深居,世人莫知其能"。

难道孙武的兵法是"天赋神通"不成?

这个问题的答案当然是否定的,但事实上也没有更多资料能够解答。

无论如何,二千多年来,《孙子兵法》始终是中国兵家的圣经。而《孙子兵法》的来历则记载清楚：伍子胥由楚国流亡吴国，复仇之念驱使他一再怂恿吴王阖闾伐楚，可是阖闾始终态度暧昧。伍子胥揣摩阖闾心意：阖闾没有必胜把握，所以犹豫不决。要让吴王坚定信心，必须要有一员"必胜"的将领。于是他向吴王推荐了孙武。

阖闾召见孙武，孙武向吴王呈献他的兵法，每呈献一篇（今本《孙子兵法》共十三篇），阖闾都不禁称赞："好！"

也就是说，"孙子十三篇"是孙武呈给阖闾的"提案"，而吴王阖闾当然不会因为孙武"写得精彩"就照单全收。

于是吴王问孙武："你的兵法可以小规模地试验一下吗？"

孙武说："包括大王后宫的女子都可以训练成为不败雄师。"

阖闾说："好啊，那就小试一下吧！"

这一场演练原本只是吴王阖闾一时兴起想要"小试"，可是却成就了孙武的经典演出。

孙武说："希望能以大王的两位宠姬担任这支娘子军的队长，两人各领一队。三百宫女都穿上铠甲、戴上头盔，手持剑与盾牌，列队站好。"

娘子军列队完成，孙武口授基本操练动作，要她们随着鼓声进退、左右转，并且颁布军法：不遵照命令行动者，一律依照军法制裁。然后下令："擂鼓一通，全体立正；擂鼓二通，拿着兵器前进；擂鼓三通，摆出战斗姿势。"

听到这里，三百宫女都掩口而笑。孙武亲自拿起鼓槌击鼓，宫女仍然嘻笑而不动作。孙武三令五申，不厌其烦地将命令、动作与军法讲清楚，宫女们仍然笑个不停。

孙武勃然发怒，瞪大双眼，发出类似老虎受到惊骇时的吼声，头发直竖将帽子顶起，甚至绷断了帽带，对身旁的军法官说："取铁锧来！"（铁锧，执行斩首的刑具。）

孙武说："纪律约束不清楚，指挥号令不明确，是将领的过失。军令已经说明清楚，甚至三令五申，士卒却不听命令，那就是士卒的过失。"问军法官："不听命令做动作，军法规定的处罚是什么？"

军法官说："斩！"

孙武于是下令将两位队长处斩，也就是要斩吴王的两位宠姬。

阖闾在阅兵台上看见，急忙派出使者，对孙武说："寡人已经了解将军的用兵之法了。寡人若没有这两名爱姬，食不甘味，人生无趣，请不要斩她们。"

孙武说："既然已经受命为将，将在军中，虽然国君有令，也不一定要接受。"下令斩了两名队长，然后挥动鼓槌。三百宫女经此震慑，个个绷紧神经，照着鼓声指令前进后退、左右转，连眼睛都不敢眨一下。队伍肃静无声，没有人敢转头看别人。

于是孙武向吴王报告："军队已经训练好，恭请大王阅兵。这一支部队，大王现在要她们赴汤蹈火，都没有问题了，甚至可以用她们平定天下。"

吴王心情大坏，写在脸上，说："寡人知道先生善于用兵了，虽然可以因此称霸诸侯，可是寡人此刻没有心情阅兵，先生解散部队，回馆舍休息吧！"

孙武说："原来大王只爱听兵法理论，根本不想实行！"

但吴王阖闾毕竟是一世雄主，他终于还是任用孙武为将。"西破强楚，北威齐晋"，都有孙武的功劳。

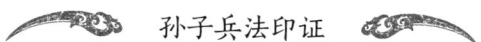
孙子兵法印证

《孙子兵法》中一再强调"国君不可干预军法将令"，包括：将领有本事，还得国君不干预，才能打胜仗；将领受命之后，战场上的决策一概由将领决定，国君的命令只是"参考用"；将领在第一线的胜负评估，才是该不该开战的决策依据。

《谋攻第三》：将能而君不御者胜。

《九变第八》：凡用兵之法，将受命于君，……城有所不攻，地有所不争，君命有所不受。

《地形第十》：故战道必胜，主曰无战，必战可也；战道不胜，主曰必战，无战可也。

事实上，孙武在《始计第一》就对吴王阖闾"摊牌"：

> 将听吾计，用之必胜，留之；将不听吾计，用之必败，去之。

这两段中的"听"，就是"听信"；"计"，就是"计算"，包括"评估、筹划"。

《始计第一》是孙武呈献给吴王阖闾的第一篇，等于重点摘要。孙武的态度堪为"说大人则藐之"的典范——大王采用我的方案，我有必胜把握，我会留下来；不采纳，我穿上鞋子就走。

孙武成为中国的"兵圣"，除了他的兵法无人能够超越，还有很重要的一个因素，就是他立下了"将在军，君命有所不受"的典范。

◎柏举之战

孙武成为中国的"兵圣",并不是单靠一部《孙子兵法》。吴王阖闾"西破强楚"是吴国霸业的开始,而吴国击败楚国的关键一役是"柏举之战"。那一战,孙武称得上用兵如神。

阖闾以伍子胥为军师,以孙武为大将伐楚。楚军的大将是子期,深得军心。伍子胥使出反间计,派人到郢都散布:"伍子胥要报父兄之仇,子期是伍子胥的仇人,非跟他决一生死不可;如果楚国换子常为大将,伍子胥就有可能撤兵。"楚王听信了谣言,就撤换子期,改由子常为大将。

> 《谋攻第三》:故上兵伐谋,其次伐交,其次伐兵,其下攻城。

"伐谋"的各家注释中,有一个是"伐其谋主",也就是针对敌方的主将,或窥其弱点,或用间陷害,伍子胥这就是"上兵伐谋"。

在孙武的策划下,由吴王阖闾率军沿长江北岸攻楚,攻下六、潜两座城(都在今安徽境内),然后撤军回国。阖闾对此不解,问伍子胥跟孙武:"我们攻打楚国,打一半却住手,不一鼓作气攻进郢都(意谓灭其国),岂不反而招惹强大的仇敌,你们是什么想法?"

伍子胥跟孙武提出:"子常很贪,对依附楚国的小诸侯需索无度,唐、蔡两国都跟他有仇,我们应该拉拢唐、蔡。"于是吴王阖闾跟唐侯、蔡侯结盟,三国联军伐楚("其次伐交",也就是联合盟友),并由孙武率军循淮水西上,会合蔡、唐两军。

这个明目张胆的行动,将楚军原本布置在方城山(河南南部)防卫晋、齐的主力部队吸引往南移动。就在此时,孙武下令全军弃舟登南岸,楚军主力被他"晾"在淮水北岸(想要救援郢都,必须绕回方城山,赶到时大势已去)。然后孙武直攻郢都,跟子常率领的楚军交战两个回合,孙武连败两阵,但那其实是孙武有计划的诈败。

这两阵有计划的"败退",将楚军引至小别山与大别山之间,在那里等着的,是吴王阖闾跟伍子胥带领的吴国大军。双方进行了三次接触战,楚军都不利,一退再退,退到柏举(今湖北麻城市境内),楚军结阵,再做抵抗。

阖闾的弟弟夫概请求出战,阖闾不准,可是夫概认为楚军已经暴露出弱点,率领部下五千人进行突击。果然楚军一触即溃,阵势大乱。

《地形第十》:故战道必胜,主曰无战,必战可也。

阖闾见夫概部队突击得手,立即下令主力部队投入战斗,楚军迅速崩溃。副帅史皇战死,主帅子常不敢回郢都,弃军逃往郑国。吴军乘胜追击,攻进了郢都。

"武经七书"之一的《尉缭子》作者评论春秋战国名将:

"领九万军队而无敌于天下的是齐桓公,领七万军队而无敌于天下的是吴起,领三万军队而无敌于天下的是孙武。"给了孙武最高的评价。

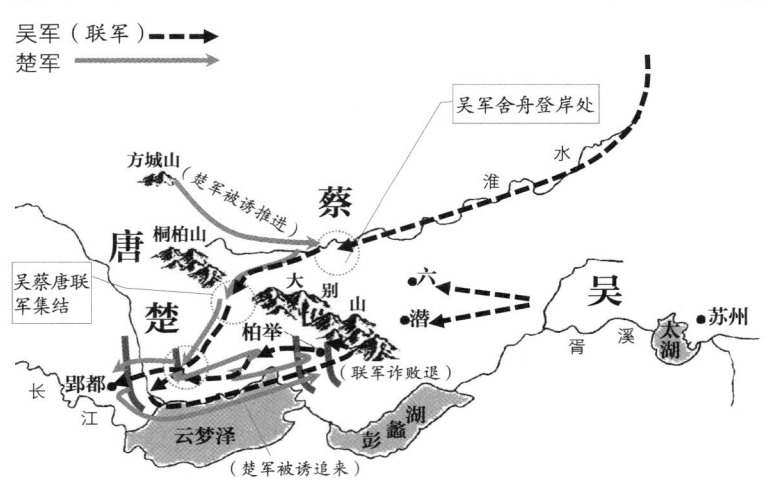

△柏举之战

本事

故善战者之胜也,无智名,无勇功,故其战胜不忒。

——《孙子兵法·军形第四》

（一）司马穰苴

不战而屈人之兵

春秋时代，燕国联合晋国攻打齐国，齐军节节败退，齐景公为军事失利而忧心忡忡。宰相晏婴向景公推荐："田氏族中有一个奇才田穰苴，此人虽然是偏房庶出，地位不高，可是他文武全才。文能得士众之心，武能威慑敌人，国君不妨跟他谈谈。"

齐景公召见田穰苴，一谈之下，大为欣赏，当场任命他为将军，领兵对抗燕、晋大军。

田穰苴对景公说："我的地位卑微，国君一下子把我擢升为将军,位在大夫之上,唯恐士卒还不服气,百姓也不信任。希望国君能派一位你素来亲信、国人一向都尊重的大臣,担任监军,才能指挥得动军队将士。"

景公立即指派最亲信的庄贾担任监军。

穰苴退朝后,就跟庄贾约定:"明天正午在军营门口会合。"

隔天上午,穰苴先行到达军营,布置好计时的表木(以日影计时)和水漏(以滴水计时),等待庄贾到来。

庄贾是景公宠臣,一向骄贵,以为自己是监军,没把跟田穰苴的约会放在心上;亲戚朋友为他饯行,殷殷劝酒,一再挽留,令庄贾喝得忘了时辰。

正午到了,表木已经无影,庄贾仍不见人影。田穰苴将表木放倒、水漏放干,进入军营,集合军队,申明军法规定。

一直到黄昏时分,庄贾才姗姗来迟。

穰苴问他:"为什么约会迟到?"

庄贾说:"我的亲戚和大夫们摆酒相送,一再挽留,盛情难却,所以迟到。"

穰苴脸色一正,说:"将军从接受命令那一天,就该忘了家庭;进入军营,一切行动遵守军法约束,就该忘了亲人;上了战场亲自击鼓指挥,就该忘了自身安危。如今敌军侵入国境,国内骚动,士卒暴露在战场之上,国君寝不安席、食不甘味,百姓的身家性命都寄托于你,还搞什么饯行?"转头把军法官召来,问:"军法中'不能如期会合'该当何罪?"

军法官说:"当斩。"

庄贾一听此言,吓坏了,赶紧派人飞驰报告景公求救。

可是,田穰苴可不会等到国君的命令到来,他下令将庄贾立时处斩,并且将首级遍示三军,三军将士为之震栗。

景公的使节到来,车马直接驰入军营。

穰苴对使者说:"将在军,君命有所不受。"然后转头又问军法官:"在军营内奔驰马车,该当何罪?"

军法官说:"当斩。"

使者听到,也吓坏了。

穰苴说:"国君的使者是不能杀的(持节即代表国君亲临)。"于是斩了使者的随从,拆了车子左侧立木,砍了左边拉车的马,遍示三军。然后让使者回去覆命,部队随即开拔。

行军途中,军队每天夜宿安营,田穰苴必定要求凿井立灶,先解决士卒饮食问题,而且将军的粮食跟士卒完全一样。有生病受伤的,穰苴亲自慰问;那些身体比较弱的,挑出来休息,三天后才参加操练。如此作风,使得士卒人人争着上战场,连生病受伤的也要求跟着部队前进,愿意为大将作战。

晋军打探到齐军的士气高昂,主动撤军回国。燕军听说晋军撤退,也渡过黄河退回燕国境内。田穰苴把握机会,纵兵追击燕军,收复了之前的全部失土。

齐军凯旋,还不到临淄城,先解除军队武装,终止军法约束,宣誓立约(效忠国家)后才进城。齐景公率领诸大夫在郊外迎接,进行劳军仪式,然后所有人解散回家。

齐景公隔天召见田穰苴，尊奉他为大司马，而田氏自此在齐国日益受到尊重。

后来，齐国原本的掌权家族鲍氏、高氏、国氏忌惮田氏的势力茁壮，就向景公进谗。景公免了田穰苴的大司马职务，穰苴因此郁闷病发而死。

到了春秋时代晚期，田氏将高、国等大族都灭了，田和自立为齐君。齐威王要大夫们将田穰苴的兵法整理成书，称为"司马穰苴兵法"。这部兵书后来湮没残缺，虽然只有部分传到后世，仍然被列入"武经七书"之一，世称《司马法》，而田穰苴也被尊称为"司马穰苴"。

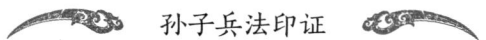 孙子兵法印证

有很多人考证司马穰苴的事迹，认为《史记》的记载有争议空间。然而，本书不做考证，而是拿田穰苴的作为跟《孙子兵法》做印证，因此，年代先后无须太计较。

一旦抛开谁先谁后的争议，司马穰苴事实上印证了《孙子兵法》中的两句传奇名言：

《谋攻第三》：是故百战百胜，非善之善者也；不战而屈人之兵，善之善者也。

《地形第十》：视卒如婴儿，故可与之赴深谿。

前一句千年来被人当神话看待，质疑"哪有可能不战而屈人之兵"？但司马穰苴确实做到了，他的武器是"高昂士气所展现的气势"。

后一句放在《地形篇》，初看似乎无关联，但是深入体会就能领悟：在了解战场上有哪些险恶地形之余，还得了解军队肯不肯追随主将进入险恶地形赴战。以司马穰苴为例，他跟士卒共饮食、爱护病患与体弱者，做到"视卒如婴儿"，因此全军都愿为之赴战。

更好的例子是三国时邓艾伐蜀。

蜀将姜维坚守剑阁天险，魏将邓艾久攻不利，于是亲率两千兵马，绕道阴平，翻越摩天岭。由于山路艰险，马不能行，开路壮士尽皆哭泣。

邓艾对军士说："不入虎穴，焉得虎子。"自己用厚毡裹身，率先滚下山崖，将士学样跟进，二千军队如天降神兵，进入成都平原。蜀汉无险可守，刘阿斗就投降了。

假设一种情况：邓艾如果平常不能"视卒如婴儿"，当他率先滚下山崖后，发现没有人跟下来……

你知道《孙子兵法》的深意了吧！

(二) 吴起

为小兵吮疽的大将

跟孙子齐名的兵法大师吴起,是战国初期卫国人,在鲁国的季孙氏门下为客。

齐军攻鲁,季孙氏向鲁穆公(也有说是鲁元公)推荐"吴起知兵",鲁穆公有意用吴起为将,可是鲁国其他贵族忌讳季孙氏,合伙抵制吴起,质疑吴起的老婆是齐国人。吴起为了表示忠贞,杀了妻子,于是鲁穆公命他为将,大破齐军。

鲁国贵族这下子更忌讳了,继续打针下药:"吴起为了个人成名,母亲死也不回家,如今又杀妻求将,这个人品德有问题。"鲁穆公态度因此改变,刚好季孙氏死亡,吴起孤立无援,只好离开鲁国。

战国初期,诸侯中第一个称雄的是魏国。魏文侯任用了很多人才,由李克(李悝)主持经济、西门豹主持水利,并且礼贤儒士,孔子的学生卜子夏在魏国就很受尊重。吴起听说魏文侯尚贤,就去了魏国。

魏文侯问李克:"吴起这个人怎么样?"

李克说:"吴起贪而好色,但若论及用兵,从前的名将司马穰苴也不能跟他比。"

于是魏文侯召见吴起。

吴起知道魏文侯崇尚儒家,就穿上儒生服装进见,然后大谈用兵方略。

魏文侯说:"寡人不喜欢军旅之事。"

吴起说:"主君为什么言行不一呢?你一年四季派人杀兽剥皮,将皮革涂上红漆、绘以颜色,还烙上犀牛和大象的图案。这些皮革,冬天穿不暖和,夏天穿不凉爽,都是用来披覆战车、包裹轮毂。另外更打造了大量的长短戟,主君用它们来做什么呢?"

讲到这里,见魏文侯并未因为自己故作姿态被拆穿而恼怒,于是吴起继续:"主君制造了那么多兵器与战具,如果不寻求能够发挥战力的人,就好比用母鸡去跟狸猫搏斗,用乳犬去挑战老虎,虽然有拼斗的决心,但结果却是死亡。贤明的君主对内修德政,对外治武备;面对敌人而不能进击,称不得'义',只能为阵亡将士悲伤,称不得'仁'。"

于是魏文侯摆酒宴,夫人亲自捧酒,在魏国宗庙里拜吴起为大将。吴起担任大将期间,率军与诸侯大战七十六次,全胜六十四次(此处称"全胜",跟《孙子兵法》定义相同:军事胜利且保全军队),其余十二次不分胜负(也就是说,吴起拥有"百分之百不败"的纪录)。

吴起的不败纪录怎么来的?

吴起身为大将,与基层士卒同衣食(跟司马穰苴一样作风)、共甘苦(睡不设席、行不骑乘)。有一个小兵长了脓疮,吴起亲自为他吸吮脓液。那个小兵的妈妈听到这个消息,痛哭失声。

人家问她:"大将为你的儿子吮疽,爱护兵卒如自己儿子,你为什么反而痛哭呢?"

那位母亲说:"你有所不知,当年吴公也曾为孩子的爹吮疽,孩子他爹上了战场,奋不顾身,不久就阵亡了。吴公如今又为孩子吮疽,我不敢想象会发生什么事情,心乱如麻,所以哭啊!"

魏文侯赏赐吴起美酒数坛,吴起召集军队,在河边排成两列,将国君赏赐的美酒,在上流处倾倒入河水,下令全军共饮。

简单说,吴起把小兵当儿子,把将士当兄弟,也就是用亲情加上义气,将军队结合成为"子弟兵"。

魏文侯时期,国富兵强。吴起攻下了原属秦国的黄河以西地方,魏文侯任命吴起为西河守。(注:三家分晋之前,秦、晋一直以黄河为天然国界。)

魏文侯死后,魏武侯即位。一次,魏武侯偕大夫们乘船巡视西河郡,船到中流,魏武侯回头对吴起说:"你看这山河,形势多么险峻,真是我魏国之宝啊!"

吴起说:"国家安危'在德不在险',如果国君不修德,这艘船里的人,个个都会成为敌人。"

这就是吴起,总是"目中无人"说些让国君不顺耳的话。当初说魏文侯"言行不一",但由于魏文侯心胸宽大,他仍受重用。但是魏武侯不如他爸爸,当下听到时,口头称善,心里却不舒服,不过仍然借重吴起的军事长才。

魏武侯问吴起:"我国的四邻,西边有秦、南边有楚、北边有赵、东边有齐,后面有燕、前面有韩,我国必须四面防守,形势不利,你看该怎么办?"

吴起说:"国家安全首要是有戒备,如今主君有戒备之心,已经能够远离祸患。且让我来分析(六国的)敌情:齐军人数众多,但不坚固;秦军阵势虽然松散,但能各自为战;楚军阵容严整,但不能持久;燕军长于防守,但机动性不足;三晋(韩、赵、魏)阵容整齐,但战斗意志不够强。"

然后吴起提出对策:"齐人性情刚强,国家富足,但君臣骄奢,忽视民众利益,以致一阵之中人心不齐,所以说他们阵势庞大但不坚固。对付他们的方法是:将我军分为三部,各以一部侧击其左右两翼,以第三部趁势从正面进攻,就可以攻破了。

"秦人性情强悍，且政令严格，赏罚严明，士卒临阵争先恐后，斗志旺盛，所以能在分散的阵势中各自为战。对付他们的方法是：以利诱之，趁他们的士卒因争利而脱离其将领掌握时，施予强力打击，并且设置伏兵，伺机取胜，就可以擒获他们的将领。

"楚人服从性高，但政令紊乱，民力疲困，所以阵势虽然严整但不能持久。对付他们的方法是：先袭扰他们的驻地，挫折他们的士气，然后以小部队突然进击、突然撤退，使其疲于应付，绝不跟他们决战，这样就可打败他们了。

"燕人性情朴实、行动谨慎，好勇尚义、缺少诈谋，所以善于坚守阵地而缺乏机动性。对付他们的方法是：一接触就压迫他们，打一下就撤走，然后奔袭他们的后方，使其将领疑惑、士卒恐惧，再在他们撤退必经的道路上设下伏兵，他们的将领就可被我俘获。

"韩国和赵国原本都是晋国人，晋国的政令平实，百姓久经战争疲于战祸，轻视其将帅，不满其待遇，士兵没有死战的决心，所以阵容整齐但战斗意志不够强。对付他们的方法是：用坚强的部队迫近他们，他们如果来攻就迎头痛击，如果退却就乘胜追击，只要能让他们疲惫就成功了。"

后来，秦国发兵五十万人攻打魏国的阴晋（今陕西华阴市），吴起向魏武侯请缨，说："一个不怕死的亡命之贼，藏匿在山野里，动员上千人去缉捕他，每一个都枭视狼顾（枭：

猫头鹰环顾时头部转动大于一百八十度），为什么？因为怕那个亡命之贼突然跳出来攻击自己。也就是说，一人拼命，能使千人畏惧。如今，我愿意带领五万士卒出战，让他们都像亡命之贼一样拼命。"

魏武侯拨了五万军队给吴起，外加战车五百乘，战马三千匹。结果，吴起大败秦军。

吴起的功劳太大，魏国的贵族因此在武侯面前打小报告："吴起毕竟不是魏国人，就怕他怀有二心。"

武侯问："那能怎么办？"

宰相公叔说："主君可以试探他，就说要将公主许配给他，吴起如果一心为魏国，就会答应。若有二心，就会迟疑。"

公叔本人就娶了武侯的女儿，他对魏武侯提出建议之后，当天便邀吴起到自家官邸宴饮。事前夫妻俩已经串通好演双簧，于是公主在吴起面前，完全不给公叔面子。

隔天，魏武侯向吴起提亲，吴起前晚见识了公主的"雌威"，于是推辞这门婚事。这下子引起了魏武侯的疑虑，而吴起也发觉自己处在险境，就离开魏国，去了楚国。

楚悼王听说吴起到来，立刻任命他当宰相。吴起虽然在鲁国、魏国都被贵族排斥，但是他并不汲取教训，在楚国仍然不跟贵族妥协：发动一连串的改革，废除非必要的官职，血缘与王室比较疏远的贵族收回其禄田，省下来的钱，都用来养战斗之士。

楚国因此富强，南边平百越，北边并陈、蔡，击退三晋来犯，西边攻打秦国，楚悼王威震诸侯。

可是楚国的贵族恨死了吴起，悼王一死，贵族们就联合起来攻击吴起。吴起没地方可逃，跑进楚悼王的灵堂，趴在悼王遗体上面。后面追上来的人，不敢进灵堂，只好向里面发射弓箭……吴起被射死了，可是楚悼王的遗体却也中了很多箭。

太子即位（楚肃王）后，下令将那些"向着悼王射箭的家伙"处死，而且"夷三族"，牵连了七十余家。

吴起死了都还能报仇！

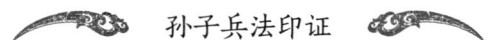
孙子兵法印证

吴起跟孙武都采用了"说大人则藐之"的策略，成功推销了自己，也让自己的兵法扬威当代、流传后代。

吴起为小兵吮疽，并不仅限于"恩结"而已，而是恩威并济：

> 《行军第九》：卒未亲附而罚之，则不服，不服，则难用也。卒已亲附而罚不行，则不可用也。

他对魏武侯分析六国军队的特性，更是《孙子兵

法》"知彼知己"的经典模板。《孙子兵法》中,提到"知彼知己"有两处:

《谋攻第三》:知彼知己者,百战不殆;不知彼而知己,一胜一负;不知彼不知己,每战必败。

《地形第十》:知彼知己,胜乃不殆;知天知地,胜乃不穷。

《谋攻篇》讲的是国家战略,吴起对魏武侯所言,属于这个层次。《地形篇》讲的则是战场上因地制宜,而吴起能够"七十六战,六十四胜十二和",当然达到了孙子"全胜"的最高境界。

(三) 长平之战

秦军坑杀四十万赵卒

魏国"挤走"了吴起,后来又"放走"了一个超级人才商鞅去秦国。秦孝公重用商鞅,变法图强,秦国夺回了河西地(秦穆公时代的固有疆土),开始向东扩张。

六国感受到压力,于是结成"合纵"盟约(苏秦提倡),六国合力抗秦。当时各国以赵国为首,赵武灵王时进行胡服骑射战术改革,使得赵国军事力量强大,足以抵抗秦国。

但是,六国之间的互信基础薄弱,"合纵"没有维持太久,就被秦国利用外交与分化手段(包括张仪提倡的"连横")瓦解。六国相互攻伐，秦国很聪明地获取渔翁之利，史书形容秦国当时成功做到"兵动而地广，兵休而国富"。

秦国当时是秦昭襄王在位，他雄才大略且手段灵活，对付六国无所不用其极：笼络、收买、造谣、诽谤、威逼、暗杀，以及离间，以此奠定了吞灭天下的基础，他的曾孙秦始皇才能竟全功。

统一大业必须以军事胜利总收其成，秦昭襄王慧眼识英雄，拔擢了很多名将，如大名鼎鼎的白起、王龁等。这些名将不断取得胜利，终于"六王毕，四海一"。这个过程中，最关键的一战，是秦、赵长平之战。

秦赵原本距离很远，不太起冲突。只因为秦国不断击败韩、魏，尤其是伊阙之战歼灭韩魏联军二十余万人，两国各割让二百里地予秦以议和。韩魏几乎沦为秦的尾巴国，秦国的箭头乃指向赵国。而赵国仗着外交奇才蔺相如，以及廉颇、乐乘、赵奢等名将撑持，还能抵抗秦国于一时。

秦军为了打通一条可以直接进攻邯郸（赵国都城，今河北邯郸市）的战术走廊，攻打韩国上党（今山西东南部长治市一带）地区，大军包围阏与（今山西和顺），韩国紧急向赵国求援。

赵惠文王问廉颇："阏与可以救吗？"

廉颇回答："距离既遥远，地形又险恶狭窄，难救。"

赵王再问乐乘。

乐乘跟廉颇相同见解。

赵王再问赵奢。

赵奢说:"确实道远险狭,但就如两只老鼠在地下洞穴中相斗,将领勇敢的一方将能胜出。"

于是,赵王命赵奢领兵救援阏与。

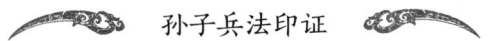
孙子兵法印证

从邯郸前往阏与必须通过太行山,太行山在古代是天然险阻,通过太行山只能取道"太行八陉"。"陉"字的本义,是山脉中间自然阻断之处。想当然它既直又窄,也就是《孙子兵法》说的"隘形"。

> 《地形第十》:隘形者,我先居之,必盈之以待敌;若敌先居之,盈而勿从,不盈而从之。

意思是:如果我军先据得隘形,就在隘口布满重兵,不让敌军有隙可乘;如果敌军先占有,而且已经占领隘口,就不可与他作战,若没有完全占领隘口,则可以一战。

廉颇与乐乘的见解是着眼于前句:距离既远,很可能敌军已经占领隘口,难度很高。"难度高"虽非"不可能",但因为是援救外国,因此不建议出兵。

赵奢的见解则是着眼后句:秦军即使已经入陉,但只要他们还没占领隘口,就可以一战,好比"两鼠相斗穴中",勇敢的一方胜出。

赵奢带领军队离开邯郸三十里,下达军令:"任何人提出战术建议,处死刑。"当时秦军推进到武安城西边,驻扎并鼓噪,武安城内屋瓦都为之振动。

赵军有一位军官提出:"应该赶快去救武安。"赵奢立即将他斩首,同时下令建构坚强的防御工事,一停就是二十八天,不往前进,还下令继续增强工事。

秦军派间谍到赵营窥探,间谍被捉到,赵奢好好款待他一番,然后放他回去。间谍回报秦将,秦将大喜,说:"才出国都三十里,就驻扎不走,还加强工事,阏与是我囊中物了。"

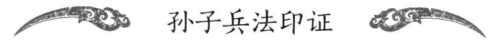# 孙子兵法印证

> 《用间第十三》:故用间有五:……有反间,……反间者,因其敌间而用之。

赵奢这边,在遣回秦军间谍之后,立即下令全军,只携带轻装备,急行军两天一夜,直奔阏与。先派出一支特种部队,全由射箭好手组成,在距离阏与五十里的地方停下来,构筑工事。等到防御工事完成,秦军才发觉,匆忙赶来。

有一位军士许历,请求提出战术建议,说:"我甘愿接受

军法的刑罚。"

赵奢准他发言,说:"刑罚的事,等回邯郸再说。"

许历于是建议:"阏与城北有山,是战术制高点,先上者胜,后至者败。"

赵奢采纳这项建议,派出一万军队奔上北山。秦军到达,想要争夺山头,仰攻不利,攻势受挫。赵奢见状,纵兵攻击,大破秦军,阏与就此解围。赵奢凯旋,并擢升许历为军官。

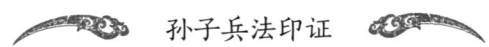

孙子兵法印证

> 《地形第十》:险形者,我先居之,必居高阳以待敌;若敌先居之,引而去之,勿从也。

"险形"和前面说的"隘形"同为《地形篇》归纳的六种地形之一。许历的建议符合《孙子兵法》的原则,赵奢采纳了;相对来看,秦将则违反了原则,因此败战。

隔年,秦军再犯阏与,又被赵军击退。可是,七年后,秦将白起率军攻打韩国,攻下野王(今河南沁阳市),切断上党地区与韩国都城新郑(今河南新郑市)之间的交通。上党守将冯亭跟将领们商议,决定投降赵国,请赵国出兵救上党。

赵孝成王征询平阳君赵豹的意见。

赵豹说:"这是祸,不是福。"

赵王再问平原君赵胜。

赵胜认为，上党若落入秦国手中，秦国就跟赵国接壤了。一样是接壤，与其让给秦国，不如赵国拥有上党，主张接受。

于是，赵王命赵胜去上党接收，却引来秦军更激烈的攻击，最终上党城被秦军攻陷。

秦王命王龁领军攻打赵国，赵王派老将廉颇驻守长平，廉颇深沟高垒，坚守不出应战，王龁拿他没办法。

秦国宰相范雎拿出千金经费，在邯郸散布耳语："廉颇年龄大了，所以怯于出战，秦国最怕的是赵奢，赵奢虽然死了，他的儿子赵括不输老爸。一旦赵括当大将，秦军恐怕连逃都来不及。"

赵孝成王年轻气盛，早就对廉颇坚壁不出极为不满，听到满城耳语，乃下令由赵括接替廉颇。

蔺相如劝谏："大王用赵括为将，无异胶柱鼓瑟（瑟是一种拨弦乐器，将瑟调弦的柱胶住，就弹奏不出音乐了）。事实上，赵括只是熟读他爹的兵书，却不通战场上的变化。"

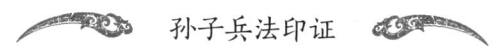

孙子兵法印证

《九变第八》：故将通于九变之利者，知用兵矣。

《九变篇》细述五种地形变化、四种战术变化，上面这一段文字的要点则在那个"通"字。也就是说,光是"知道"有哪些变化,而不能因地制宜、因势制宜,谈不上"知兵"。以蔺相如对赵括的了解,他只是熟读兵书,"知道"有哪些变化而已,谈不上"通变"。也就是赵括虽然"说得一口好兵法",总是能够辩赢老爸赵奢,但是担任大将指挥作战却不行。

无论如何,赵王的命令已经下达,赵括去到长平前线,接替了廉颇。

接获情报,最高兴的莫过于秦昭襄王,他秘密任命白起为上将军,另领一军开赴前线,并取代王龁,全权指挥长平战场,同时下令:泄漏这个最高机密者处斩。

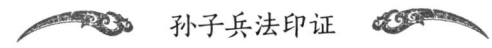

孙子兵法印证

《用间第十三》:故三军之事,……事莫密于间。……间事未发而先闻者,间与所告者皆死。

赵括到了前线,一改廉颇的坚守战术,下令出击。
白起则下令前方部队伪装败退,私下伸展左右两翼。
赵括"乘胜"追击,直抵秦军营垒。白起固守不出,赵括久攻不利。

等到秦军二万五千人的两翼部队完成包抄，白起以五千精锐骑兵切断赵军退路，而进攻秦军营垒的赵军被分割为二，粮道也随之断绝。

赵军被分隔包围，进退不得，赵括束手无策，只能就地筑起营垒，等待救兵。由于赵军有四十五万之众，秦军一时无法将之击溃。

秦昭襄王获报，知道机不可失，于是御驾亲临河内郡，下令全国十五岁以上的男子，全数前往长平，倾全力断绝赵国的救兵与粮秣。

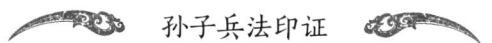
孙子兵法印证

《虚实篇》可作为前述战斗过程的教本：白起利用赵括急于求功的心理，用诈败诱敌之计，正是"能使敌人自至者，利之也"；而赵括则应了"不知战地，不知战日，则左不能救右，右不能救左，前不能救后，后不能救前"。

赵军断粮四十六日，饥不可忍，营垒内相杀吞食，无法继续坚守。赵括遴选精锐，组成四队，向四方冲杀，希望能找到空隙突围。

可是白起布下的包围圈犹如铜墙铁壁，赵军反复冲杀四五次，死伤遍地，仍无法找到空隙。于是赵括亲自率领大军，进行最后的突围行动，但秦军不跟他肉搏对战，只以弓箭对付，箭如雨下，赵括中箭而死。大将阵亡，赵军军心崩溃，虽仍有四十万之众，却都饥饿且疲惫，陆续弃械投降。

白起下令，将投降的赵军全数坑杀！只留二百四十个年轻军官活口，放他们回邯郸报凶信。

经过这场战役，赵军主力全灭，不再有能力对抗秦国。秦国从此蚕食鲸吞，三十九年之后，秦始皇统一天下。

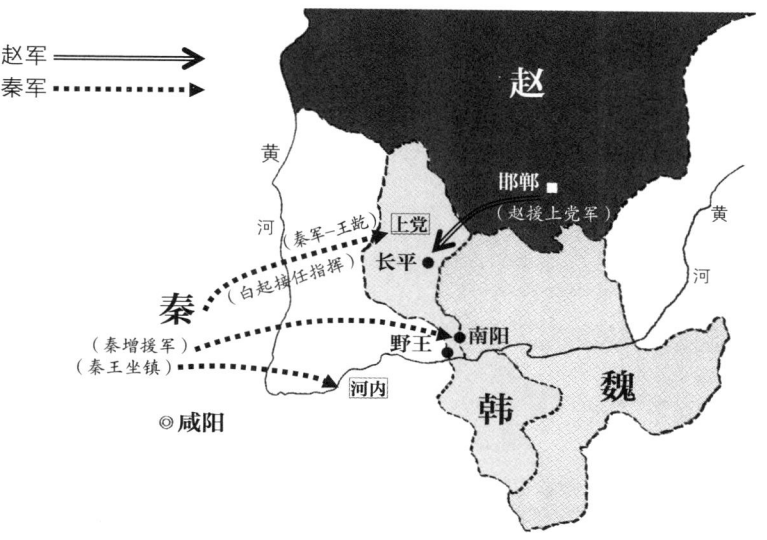

△长平之战

(四) 钜鹿之战

项羽破釜沉舟

秦始皇死，秦二世即位。

陈胜、吴广以九百戍卒揭竿起义，各郡县人民苦于秦法严苛，纷纷诛杀官吏，响应陈胜，一时风起云涌。

陈胜顺势称王，国号"张楚"，根据地在陈（今河南淮阳）。派出"两路半"人马：武臣领军向北攻取故赵国地盘；周市领军向西攻取故魏国地盘（以上各为一路）；周文则只拿到将军印信，还要自己招兵买马（所以只能算"半路"），直入关中攻秦。

周文曾经是楚国大将项燕军中的占卜师,也曾当过春申君的门客,自称素通兵法。他一路号召民众抗秦,到达函谷关时,已经拥有战车千辆,步兵十万人。而在他通过函谷关时,几乎未遇抵抗,大军进抵戏水(在今陕西临潼),距离咸阳不足百里。

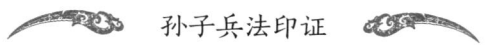

孙子兵法印证

《孙子兵法》第一篇就强调,以"道天地将法"(五事)为衡量胜负的指标。排在第一位的"道",孙子说:"道者,令民与上同意也。"

陈胜、吴广揭竿起义,一时风起云涌;周文号召民众抗秦,一下子聚集十万人;而"战车千辆"更是富豪支持义军的明证。

人民不怕死,支持义军,秦二世"失道"殆无疑义,可是陈胜、周文却并非"得道",所以倏起倏灭,不能持久。

敌军已经逼近咸阳,秦二世召集百官,口中直问:"怎么办?"

少府章邯说:"盗匪已到门口,此时征调关中附近驻军缓不济急。所幸骊山有为数众多的囚徒(为建筑骊山陵与阿房宫,调全国囚犯来做工,称之为骊山徒),请陛下赦免他们的罪，交给他们武器，出城迎击盗匪。"于是秦二世下令大赦，派章邯带领骊山徒迎战周文带领的楚军。结果楚军大败，退出函谷关。

楚军人多势众，但却是乌合之众；秦军虽是囚徒组成，但彼此相识，且有骊山陵的工程管理体系，加上咸阳城内秦军军官，构成指挥系统，因而楚军不堪一击。

周文撤退到曹阳（今河南灵宝市东北）整顿，停留两个月，没等到援军（其实他知道不会有援军），也不敢再进攻关中，陷入进退不能的尴尬处境。

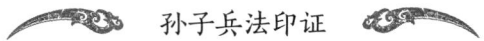 孙子兵法印证

《虚实第六》：故知战之地，知战之日，则可千里而会战。不知战地，不知战日，则左不能救右，右不能救左，前不能救后，后不能救前。

很显然，周文一路推进得太顺利了，所以来不及对战场做功课，而挫败又来得太快，他可能根本不晓得自己身处何处，才会如此进退不知所措。

可是秦帝国却已经征调关中附近的正规军，集结后由章邯领军，出关追击。周文再败，退到渑池（今河南渑池县）。

秦军再度发动攻击，楚军溃不成军，周文自杀。

秦二世决定乘胜进剿东方"群盗"，派章邯为上将，司马欣、董翳为副将，大军直指陈县。张楚军队在陈县西郊筑垒防守，陈胜亲自督战，大败。陈胜在逃亡途中被御者（贴身驾驶）刺杀。

张楚国昙花一现，各地起义军各拥其主，势力最强的是项梁，拥兵六七万人，他率军西上，填补留下来的真空。

谋略家范增对项梁说："楚虽三户，亡秦必楚。将军家几代都是楚国大将，建议你拥立一个楚王的后代，一定能赢得楚国人心。"

于是项梁派人四处寻访，找到一位牧羊童芈心（楚王室姓芈），拥立他为楚怀王，而项梁自称武信君，掌握实权。

章邯击灭陈胜后，北上进攻魏国，在临济（今河南封丘县东）城下大破来救的齐楚联军，齐王田儋与魏相周市战死，魏王魏咎自焚而死。一时之间，章邯所向披靡。

项梁亲率军队攻击章邯，在东阿（今山东东阿县）城下大败秦军，派项羽、刘邦四出攻城掠地，连番大败秦军。

章邯急忙收拢分散作战的军队，固守濮阳（今河南濮阳市），决开黄河堤防，河水绕城阻挡住楚军攻势，秦军渐渐恢复元气。

项梁由于一连串的胜利，开始轻敌，脸上掩不住得意之色。

谋士宋义向他进言："战胜之后，将领骄傲，士兵怠惰，一定失败。眼前的情况,士兵已经有怠惰迹象,而秦军则一天天壮大,我很替你担心。"宋义在故楚国(战国时)当过令尹(宰相职),跟项梁的父亲项燕共事,口气带点教训之意,项梁听不进去,派宋义出使齐国。

宋义的警言成谶,章邯得到秦二世派来的增援大军,突然发动袭击,楚军崩溃,项梁战死。项羽、刘邦救援不及,只能护着楚怀王芈心迁到彭城(今江苏徐州市)。楚怀王重整军队,自任总司令,项羽、刘邦都封公、侯,可是没有兵权。

章邯认为楚国已经不成气候,于是率大军北渡黄河,直指赵国,一路势如破竹,赵国都城邯郸不守。赵军两位实力派将领张耳、陈馀,护着赵王赵歇逃到钜鹿(今河北邢台市)固守,秦军大将王离将钜鹿团团包围。

陈馀在包围圈形成之前,出奔常山郡(今河北北部)集结军队,带了数万人回钜鹿,不敢进攻,在城北扎营。章邯则驻军城南,专心"围点打援",诸侯前来救援的军队,一一被章邯击败,在城外扎寨安营,观望互保。

赵王向楚怀王求救。楚怀王任命宋义为上将军,项羽为副将,率军援救赵国。

宋义率领楚军,进至安阳(今山东曹县东),逗留四十六天,按兵不动。项羽急着要为项梁报仇,催促宋义出兵。宋义说:"你不懂。秦军现在势强,攻赵如果胜利,兵力已衰,我们可以利用他们的疲惫;如果不胜,我们趁机擂鼓西进,尾随追击,必能大获全胜。冲锋陷阵我不如你,可是运用谋略你不如我。"下令不服命令者一律处斩。

一天晚上,宋义大摆宴席,饮酒取乐。可是帐外却天寒地冻,士兵饥寒交迫。项羽利用这个情境,煽动将校支持他反宋义。

隔天朝会,项羽进谒上将军,就在虎帐中击杀宋义,将他的人头示众,说:"宋义勾结齐国,图谋不轨,怀王密令我行刑。"

项羽威势逼人,在场没有人敢有异议,于是共推项羽代理上将军。楚怀王鞭长莫及,只好正式任命项羽为上将军,命他继续援赵任务。

此时钜鹿城内已经粮食将尽,守军也伤亡惨重。可是诸侯军队每一次的救援出兵,都被章邯歼灭,因此只敢在城外驻军观望,不敢采取任何行动。

项羽先派英布率军两万渡过漳河,顺利切断了王离的粮道,围城军渐渐缺粮。然后项羽率主力军队渡过漳河,登岸之后,下令凿沉所有船只,砸毁锅釜炊具,焚烧辎重,每个人只带三日口粮。

于是项羽向王离展开攻击,连续交战九个回合,每次都将秦军击败。章邯稍稍后退,诸侯军趁势进击,生擒王离。

 孙子兵法印证

《九地第十一》：凡为客之道：深入则专，……投之无所往，死且不北；死焉不得？士人尽力。……令发之日，士卒坐者涕沾襟，偃卧者涕交颐。投之无所往者，诸、刿之勇也。

这一段述说了战争最现实却又最残酷的一面：进入敌人的地盘（为客），愈深入则士卒心志愈坚定（因为无处可走）。将军队置于"无处可走"之地，士卒拼死也不会退却；每个人都抱必死之心，就没有不胜之理；而且一旦知道伙伴都是一条心，全军就不会有一丝惧意。当命令下达之时，士卒坐着的、躺着的都涕泪纵横（面对九死一生），可是只有拼死杀敌一途。只要将军队置于"死地"，每个战士都会跟专诸、曹刿（两人皆《史记》所载勇猛之人）一样勇敢。

起初楚军开始发动攻击时，诸侯军队连营十余里，却都只敢作"壁上观"（站在防御工事的壁栅之上观看）。项羽身先士卒，楚军个个以一当十，杀声震天，壁上观的诸侯将领看得个个战栗失色。等到秦军溃退，项羽召见各国将领，将领们走到楚军的辕门，不由自主地双膝跪地，匍匐而前，头都不敢抬起来。从此，项羽成为诸侯联军的上将军。

然而，王离虽然全军覆没，章邯仍然拥有重兵，双方隔河对峙，一度僵持。

打破僵持的是秦二世，他派使者谴责章邯不出兵。章邯派司马欣回咸阳陈述军情，司马欣到了咸阳，却等了三天，被拒绝接见。他感觉情况不妙，急行返回前线，不敢走来时道路，才没被追回斩首。

章邯仍然犹豫不决，派出使者去跟项羽谈条件。

项羽一面跟来使谈判，一面派英布急行军穿越秦军防线，直接攻击章邯大本营。章邯连败三阵，无法支持，只得向项羽投降。

至此，秦军已经完全失去翻盘的能力，大秦帝国的灭亡，只剩时间问题了。

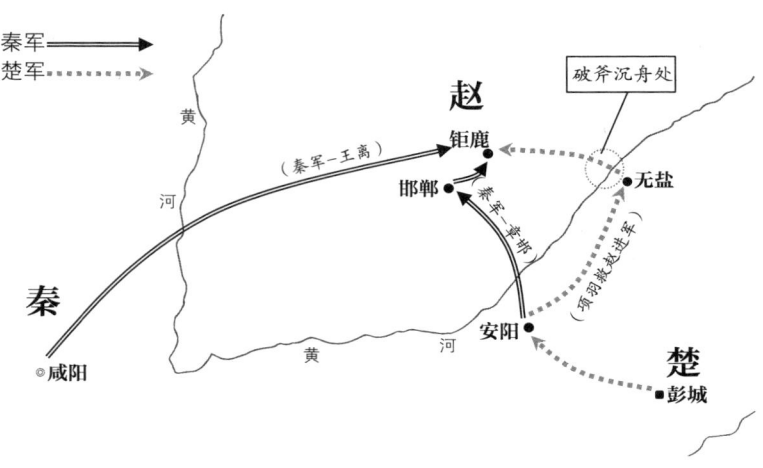

△钜鹿之战

(五) 韩信

置之死地而后生

项羽在钜鹿大破秦兵,威震诸侯,可是刘邦却先一步进了关中。项羽非常火大,但是在鸿门宴上却下不了手,只能火烧阿房宫出气。

然后他大封诸侯,把刘邦硬挤到汉中(今陕西汉中市),强词夺理说:"汉中地方一向都是关中的一部分。"关中地区的主要部分,则分封给了三个秦军降将:章邯(雍王)、司马欣(塞王)与董翳(翟王)。

楚怀王约定的"先入关中者为王"未兑现,刘邦当然不爽，可是打不过项羽，没办法，只能忍气吞声前往汉中。一路上，兵、将、官吏偷偷逃亡，每天都有。直到有人报告："萧丞相一个人骑马走了。"刘邦几乎不能相信，最早跟他一同起义的萧何，居然也在这个节骨眼上弃他而去。

意外地，当天傍晚时分，萧何居然回来了。

刘邦责问萧何："你为什么逃亡？"

萧何说："我没有逃亡，我听说韩信跑了，来不及报告，就一个人骑马去追他回来。"

韩信是什么人？

韩信年轻时不务正业，到亭长家寄食（白吃白喝）。可是他胸有大志，身上总是佩着刀剑。有一次，地方上的不良少年将他围住，说："如果你有种，就拔出剑来刺死我；如果不敢，就从我胯下钻过去。"韩信瞪着发话的那个少年良久，不吭声，然后弯下身，从那人胯下钻了过去。从此，楚地流传"韩信是个胆小鬼"。

"怯懦少年"韩信带着他那支"不敢出鞘杀人"的剑，在项梁起兵时，加入了项家军。项梁兵败身死，他继续追随项羽，担任郎中，曾多次向项羽献策，项羽都没有采纳。

刘邦被项羽挤去汉中，韩信独具慧眼，离开项羽投奔刘邦，但还是只当个连敖（中级军官），甚至因为受到牵连，连同十几名"共犯"，都被判了死刑。

前面砍了十三个脑袋，下一个该轮到韩信。韩信抬头仰视，刚好看见夏侯婴（刘邦的"沛县老伙伴"之一）在现场，就对着他大声喊说:"大王不想争天下了吗?否则为何要杀我这个壮士!"

夏侯婴听他口气甚大,再看他相貌不凡,就下令不斩韩信,并且叫他上前说话,一番对谈之后,大为欣赏,乃向刘邦推荐。刘邦任命韩信为治粟都尉(初级将领),并不特别重视,反倒是萧何跟韩信谈过好几次话,对韩信十分欣赏。

大难不死反而升官的韩信,期待萧何推荐他,可是迟迟不见下文,看见很多人都跑了,于是他也跑了。萧何听说韩信跑了,认为这个人才不可流失,因此亲自将他追回。

刘邦从来没把韩信视为将才,不信萧何所言,怒斥:"你骗谁啊!诸将跑了好几十人,你一个都不追,却去追这个位阶不高的韩信?一定有诈,快说实话。"

萧何说:"那些跑掉的诸将都是一般人才,不难得到,可是韩信却是举世无双的高级人才。大王如果只想在汉中长治久安,那韩信对你没有用;但若大王要东向争胜天下,则非韩信不可。若不能重用,韩信终究还是要走。"

于是刘邦听信萧何的建议,登坛拜韩信为大将。韩信则献出了他的第一个奇计"明修栈道,暗度陈仓"。

当初刘邦要往汉中时,张良献了一策:咸阳到汉中地形险恶,要走数百里栈道(李白诗句"蜀道难,难于上青天"就是描述这条险路),建议刘邦一路将走过的栈道烧掉。一方面安项羽的心,认为刘邦无意东向;一方面防止关中"三秦王"循栈道攻打汉中。

而韩信的奇计则是：公开宣布"派周勃、樊哙负责修复栈道"，然后暗中积极准备循陈仓道进攻关中。陈仓道是关中通汉中的一条古老路线，当时称作"故道"，也就是很少人走的半废弃栈道，基本上是循嘉陵江上游诸河谷。周勃等奉命修建的，则是刘邦来汉中时走的路线，称为子午道。

由于周勃、樊哙是诸侯熟知的汉军主要将领，项羽封在关中的三秦王没得到汉王"拜大将"的情报，听说周勃、樊哙负责修栈道，研判汉军主力一定循之前的栈道来，所以将重兵布置在子午谷口，而且好整以暇，因为"五百里栈道"不是半年、一年修得好的。

韩信在确认三秦主力部队移至子午谷口后，即刻出兵陈仓道。三秦王仓促应变，章邯在陈仓被击溃，关中父老箪食壶浆迎接汉王。司马欣与董翳投降，只剩章邯率领残部打游击，刘邦只花了两个月就扫平关中。

刘邦据有关中之后，足以跟项羽分庭抗礼，楚、汉在荥阳、成皋（两地都在今河南荥阳市）之间对峙。张良认为，必须联合诸侯一致反项，才能战胜楚国。可是，拉起"反项联合阵线"谈何容易？

由于项羽的作风蛮横，南方诸侯基本上反项。可是**魏王魏豹**（在河南）支持项羽，**赵国**（在河北）实际执政者成安君陈馀自居第三势力，燕国（河北北部到辽东）不参与诸侯争霸，齐王田广（在山东）也不服任何一方。

刘邦于是决定派大将东征，经略魏、赵、燕、齐，形成对项羽的钳形攻势。而能够承担这项重任的,只有韩信。于是韩信挂丞相衔领军征魏,灌婴、曹参为副帅,分别统领骑兵、步兵。

刘邦问郦食其:"魏国的大将是谁?"

"柏直。"

"那小子乳臭未干,不是韩信对手。骑兵将领是谁?"

"冯敬。"

"他是秦将冯无择的儿子,还不错,但却不是灌婴对手。步兵将领是谁?"

"项它。"

"他也不是曹参对手。我放心了。"

韩信也向郦食其再做确认:"魏王会不会以周市为大将?"周市是当初陈胜派去经略魏地的宿将,身经百战,在魏军中声望很高,并且对地形非常熟悉。

郦食其说:"魏王确定以柏直为大将。"

韩信:"那小子不成材。"

汉军进兵,魏王魏豹在蒲坂(今山西永济市)布置重兵,盯住临晋(今陕西大荔县)的汉军。韩信将计就计,大动作集结船只,摆出要在临晋大举渡过黄河的姿态,却派出奇兵,从八十里外的夏阳(今陕西韩城市)渡河。

渡河需要大量船只,可是汉军只有一百多艘船,运能差很多。韩信派军队砍伐木材,并大量收购"罂"(一种口小肚大的容器),将罂封口后绑紧连结,上铺木板,就成了木筏,称为"木罂"。器材备齐后,韩信命令灌婴将军队与船只在临晋渡口列阵,摆出要渡河攻击的姿态,自己跟曹参带领主力军队连夜急行军到夏阳,拂晓以木罂渡过黄河,直攻魏国首都安邑(今山西夏县)。

魏豹在蒲坂接获消息,大惊,回军迎战,兵败,被韩信生擒,解送荥阳。于是刘邦增兵三万给韩信,让他乘胜攻取赵、燕、齐。

攻赵必得穿过太行山,穿越太行山的路径只有几条"陉",陉就是山脉中断处。可想而知,地形狭窄,容易设埋伏。

韩信选择了其中一条"井陉",赵王赵歇与成安君陈馀得到情报,聚集全国兵力到井陉口应战,号称二十万大军。陈馀手下将领李左车献策:"井陉地形狭隘,车马都无法交会的路段长达数百里。请拨给我三万人马,抄他后路,断绝他的补给。阁下只要深沟高垒不出战,令对方进退不得,十天之内,韩信的脑袋将可以放在我们的军旗之下。"

陈馀是位儒将,经常挂在嘴边的就是"义兵不用诈谋奇计",面对李左车的建议,说:"韩信的兵力号称数万,其实不过数千,他千里而来,士卒已经累坏了。如果这种敌人都不正面迎击,将来遇到更强大的对手,怎么作战?倘若因此而被诸侯认为我们赵国怯战,只怕会招致更多攻击。"拒绝了李左车的献策。

事实上,韩信擅长用计,岂会轻易涉险?他知道通过井陉行军的风险,所以不断地派出探子侦察赵军动向。当他确定陈馀不采纳李左车的献策,即刻下令大军开入井陉,争取在陈馀改变主意前通过。

数百里山隘险道安然通过,未遭埋伏,一直到达距离井陉口三十里处,韩信下令停止前进。半夜派出二千轻骑兵,不带重装备,每个人随身带一支汉军的红色军旗,绕山中小路,藏在可以望见赵军营垒的山中,交付任务:"我军将诈败,只要看见赵军倾巢而出,你们要迅速驰入赵军营垒,拔掉赵军旗帜,插上汉军的红旗。"

奇兵出发后,韩信下令开饭,说:"拂晓展开攻击,击败赵军后,一同吃早餐。"诸将其实没信心,却不敢出声,只能齐声答应"是"。

汉军吃饱饭,韩信先派出一万人,吩咐领军将领:"赵军已经取得有利地形,建立壁垒。可是陈馀在看见我大将的旗鼓之前,不会出击,怕我缩回井陉,他不好攻击。所以,你先出去,背水结阵。"将领依计行事,赵军在营壁上望见汉军居然做出这种不合兵法的动作,都大笑(轻敌)。

天亮了,韩信大军出井陉口,高举大将旗帜,部队击鼓前行。赵军也开垒出战,两军酣战良久。

韩信依照计划诈败,下令抛弃军旗与战鼓,往背水结阵的汉军桥头堡撤退。水岸阵地开垒让大军进入,然后整顿队伍,回头再战。

赵军壁垒内的军队果然倾巢而出,争抢汉军丢弃在战场上的旗鼓（因为夺得敌方旗鼓可以报功，此时前方军队忙于追逐敌人，无暇捡拾旗鼓，营内军队乃急着抢功），而汉军背水一战，退无可退，个个拼命，令赵军无法取胜。

这时候，前晚派出的二千骑兵迅速驰入赵军壁垒，拔掉赵军旗帜，插上汉军红旗。赵军回头看见，大惊，以为营垒已经失陷。由于赵军家属都在营垒内，军心一乱，阵形跟着大乱，个个只想往回跑。殿后的赵军将领斩杀逃兵，仍然挡不住兵败如山倒。于是汉军前后夹击，大破赵军，陈馀在乱军中战死，赵歇被俘。

果然当天"破赵会食"。汉军庆功宴会上，诸将问韩信："兵法布阵的原则是：右方与后方倚靠山陵，左方与前方有水泽。可是将军却背水结阵，还说今天上午就会赢得胜利，我等当时不服气，但事实却正是如此。请问，这是什么战术？"

韩信说："兵法里其实都有，只是诸君没想到而已。《孙子兵法》不是说'陷之死地而后生，置之亡地而后存'吗？我带领诸君远征，并没有长期的合作默契，军队也非素有训练，只能置之死地，让人人为自己的生存拼命。以敌我的实力，如果放在'生地'（有逃跑的空间），我军早就逃光了，还能打胜仗吗？"

诸将这才服气说："太神奇了，不是我辈所能及。"

大胜之后，韩信没有忘记那个差点让他进不了井陉的李左车，他下令全军：谁能找到活着的李左车，赏千金。很快地，有人送来了绑着的李左车。大将韩信亲自为他解开绳子，请李左车坐在西席，以对待老师之礼待之。

韩信对李左车说："我的目标是北攻燕、东伐齐，向您请教如何才能成功？"

李左车说："败军之将不可言勇，我只是个战败的俘虏，没资格参与讨论军国大事。"

韩信说："之前如果陈馀采用阁下提出的战术，此刻恐怕换我韩信是俘虏吧。都是因为他不用阁下之计，我才有机会向您请教啊，所以，请不要推辞了。"

李左车建议韩信，不要用武力征服燕国，派出使节劝降即可。此计果然奏效，韩信灭魏破赵，威名远播，燕王答应归顺。

同时间，刘邦在荥阳大败，只身脱离战场。他在天未明时突然冲进韩信大营，等韩信醒来，汉王已经接管兵权。刘邦将原先拨给韩信的汉兵收回，再回荥阳战场，同时命令韩信带领赵、燕军队伐齐。

这时，奇辩之士郦食其向刘邦提出，愿意前往游说齐王田广归降，刘邦同意，而郦食其还真的游说成功了。

所以，当韩信大军开抵平原津（平原郡在今山东德州市，津：渡口）时，田广每天跟郦食其喝酒宴饮，完全没有防备。韩信也有意停止进军，可是谋士蒯彻对他说："汉王并没有下诏要将军停止进军，而那个书生（指郦食其）以三寸不烂之舌，一席话下齐国七十余城，将军打了一年多才下赵国五十余城，难道血战沙场数年，还不如一个书生吗？"韩信听进了这番话，渡过黄河，突袭历下（今山东济南市）齐军，大军直逼临淄城。齐王田广烹杀郦食其，逃往高密（今山东高密市），并向楚王项羽求援。

项羽派大将龙且援齐，有人建议龙且："韩信一路打胜仗，势不可当，可是汉军千里远征，人心未服，应该深沟高垒，不跟他开战，让齐王去招揽齐国各城军队反抗汉军，韩信将只有投降一途。"

龙且说："我一向听说韩信是个胆小鬼（韩信是楚人，胯下受辱之事在楚国流传），如果援救齐国却不动刀兵，那我还有什么功劳？今天若是将他击溃，可得齐国之半，为何坚壁不战？"原来，龙且想的是，打赢了可以当齐王！

楚军与汉军隔着潍水列阵。韩信派人装了一万多个沙囊，趁夜将上游河水拦住。天亮后，汉军主动渡河攻击，前军诈败，回头就往河边逃。龙且说："我就知道韩信是个胆小鬼，他的军队也一样！"下令楚军渡河追击。

楚军渡河到一半时，韩信发出信号，上游决开壅塞河水的沙囊，洪水急泻而下，船上的通通被冲走，还没上船的留在对岸，已经登岸的被歼灭。龙且阵亡，田广逃走，韩信招降楚军，并尽得齐地。

荥阳战场上，项羽跟刘邦达成和议，双方以鸿沟（战国时，魏惠王开通的古运河，连接黄河与淮河）为界。项羽引兵东归，可是刘邦却背约追击楚军！楚军一心思归，无心作战。但是项羽着实善战，每次回头迎战都击败汉军，刘邦只能紧咬不放。

张良与陈平建议刘邦："答应韩信与彭越，要他们带兵来会合，将来封他们为王。"韩信带了他的军队来，与刘邦会合，将项羽围困在垓下（今安徽灵璧县东南）。

韩信设下十面埋伏，楚军多次突围都失败，可是汉军却还是打不过项羽。于是韩信又生一计：将军中的楚人集合起来，夜里要他们唱起楚地歌曲（成语"四面楚歌"的典故）。就这一招，令西楚霸王项羽丧失了斗志，带着八百人突围，遭汉军追击，最后在乌江自刎。

项羽死了，楚国灭了，刘邦在获得决定性大胜之后，采取的第一个行动，不是清剿余孽，而是……剥夺韩信兵权！他在凯旋途中，经过定陶（今山东菏泽市）时，突然闯进韩信大营，夺取印信，掌握韩信的部队。刘邦对韩信说："你是楚人，现在天下已定，应该回去当楚王。"同时分封的包括梁王彭越和淮南王英布。打败项羽，这三人的功劳最大。

不久之后，有人向皇帝告密："楚王韩信谋反。"刘邦征询诸将意见，诸将一个个慷慨表态："立刻发兵讨伐那小子。"刘邦再问陈平意见，陈平直白地告诉刘邦，汉朝将领没有人打得赢韩信。

刘邦问陈平有何方法，陈平说："古代天子经常到各地巡察，借此机会与诸侯国国君会晤。建议陛下宣称前往云梦大泽（今湖北省古时多沼泽）巡狩，并在陈县（当初陈胜的都城）接见诸侯。陈县在楚国境内，韩信会放松戒心，以为天子只是例行出外巡游,而且是在自己势力范围内,不会防备。到时候他前来进谒,不过一个武士的力量,就可以逮捕他。"

刘邦依计而行,将孤身徒手的韩信逮捕,押回长安,并未将他治罪,但是将他降级为淮阴侯,留在长安(形同软禁)。

后来,韩信又卷入一宗叛乱案,被吕后诓进长乐宫杀害,一代名将归天。

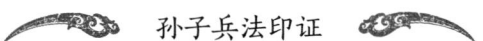 孙子兵法印证

如果让孙武活过来,评论历代名将,他大概会给韩信第一名吧!

可是这里要先表扬刘邦。刘邦原本不认为韩信是多了不起的将领,可是既然萧何推荐,他就拜韩信为大将。之后韩信表现杰出,刘邦不放心他,但仍然赋予他全权,这符合《谋攻第三》:将能而君不御者胜。而韩信不论在项羽手下,或刘邦手下,都坚持《始计第一》:将不听吾计,用之必败,去之。

攻三秦"明修栈道,暗度陈仓"是《始计第一》:故能而示之不能,用而示之不用。

攻魏则是"以迂为直""后人发,先人至"(《军争第七》)的示范,同时让我看懂《军形第四》那句

很"玄"的：善攻者动于九天之上。对魏王豹来说，韩信的奇兵真有如天上降下来的。事实上，韩信的主力起初在临晋，后来在夏阳，又印证了《兵势第五》：战势不过奇正。也就是正兵、奇兵随时能够灵活交互为用。

攻赵，韩信本人说出了"置之死地而后生"的孙子名言，然而，最重要的还是他绝不涉险，确定井陉没有设伏（用间），才迅速通过（风林火山），因此才有后来的决战。而韩信的大将之风，更表现在向"败军之将"李左车虚心请益，这是《孙子兵法》没有以文字写出来的一个核心思维：要想赢，先认输。包括"昔之善战者，先为不可胜"（《军形第四》）、"少则能逃之，不若则能避之"（《谋攻第三》），都是这个核心思想。

至于龙且，他印证了《行军第九》：夫惟无虑而易敌者，必擒于人。因为轻敌而兵败身亡，不是吗？

(六) 昆阳之战

以寡击众以弱胜强的经典

西汉帝国在汉武帝时，国力达到巅峰，之后盛极而衰，终被王莽篡位。

王莽改国号为"新"，可是新朝的新政一塌糊涂，特别是废除五铢钱，导致金融秩序崩溃，市场交易接近停摆（民间交易退回到以物易物）。再加上逼反原本已经归附汉朝的匈奴，动员十路大军北征，向民间征兵、征粮、征工、征税，老百姓在家种田活不下去，只好亡逃山泽。于是"人心思汉"，起义在全国范围内爆发。

起义军当中,声势最大的两支是山东的赤眉军(将眉毛涂成赤色为识别)与湖北的绿林军(啸聚绿林山而得名)。

其中有一支起义军是由南阳郡(今湖北、河南交界一带)一个耕读世家发起。这个耕读世家姓刘,算起来还是刘姓皇族的一支,三兄弟老大刘縯、老二刘仲、老三刘秀。父亲刘钦早死,由叔叔刘良抚养长大。

老大刘縯性格刚毅,野心勃勃。自从王莽篡汉之后,他便愤愤不平,怀抱复兴汉室的大志,因而不事农耕生产,不惜变卖家产,倾心结交四方豪杰之士。

小弟刘秀相貌不凡,"隆准日角"(鼻头高,额角突出),勤于稼穑之事。

大哥刘縯经常将小弟比作高祖(刘邦)的二哥刘喜,这又有典故:刘喜勤于耕种,刘太公(刘执嘉)常夸奖老二,而责备老三。后来刘邦当了皇帝,向太公敬酒,说:"您老人家以前老是怪我不事生产,不如二哥。如今,谁的产业比我更多?"也就是说,刘縯自比刘邦,心怀天下大志!

刘秀的姐姐刘元嫁给邓晨,有一次,刘秀与姐夫邓晨一块儿去拜访一位术士蔡少公。蔡少公对图谶很有研究,说"刘秀会成为天子",一旁有人接口:"难道是国师公刘秀(王莽的首席顾问)吗?"

刘秀开玩笑说:"你怎么知道不是我呢?"在座众人哄堂大笑,只有邓晨私心窃喜,认为小舅子必有大成就。

宛城(同属南阳郡)的李氏兄弟找到刘秀,接他到家里款待，谈谶文（刘秀当为天子）之事。双方决定借立秋骑兵校阅的日子，劫持南阳太守、郡丞起义。李轶与刘秀各自回去招募义军。

刘縯将舂陵豪杰集合起来，对他们说："王莽暴虐，大汉江山分崩离析，我们今天要高举义帜，复兴高祖的基业，建立万世之功！"众人轰然响应，纷纷回乡号召群众，在郡内各县起兵。

舂陵子弟原本对"起义"非常迟疑，说："伯升（刘縯字伯升）会害死我们。"及至看到刘秀也全副武装出现，惊讶地说："连这个老实人也敢革命呀！"这才人心大定，集结七八千人，打起"汉"旗号，刘縯担任总司令，自称"柱天大将军"。

绿林兵群聚绿林山，遭逢瘟疫，死亡超过二万五千人，将近全部人数的一半，被迫离开瘟疫地区，并分裂成两路：一路向西移动，称"下江兵"；一路向北移动，称"新市兵"。

新市兵在往北移动途中，与另一支起义军"平林兵"会合，进入南阳地区，正好是汉军起义之时。刘縯派人去跟他们联络，一同攻击长聚，并屠杀唐子乡全城。如此军纪荡然的杂牌军，在第一次胜仗之后，就因分赃不均而内讧，新市兵与平林兵闹着要攻打汉军。解决这个矛盾的是刘秀，他将所有劫掠而来的财物，全部分给新市兵与平林兵，大家回嗔为喜，继续向前挺进。

刘縯带领联军与南阳郡的政府军会战，大雾弥漫，汉军大败。刘秀单人孤马逃走，遇到妹妹刘伯姬，带她上马，两人共一骑逃命。后来又遇到姐姐刘元，刘秀催促她上马，刘元说："你们快逃吧，不必死在一块儿！"说着，追兵已到，刘元与她的三个女儿都遭杀害，刘氏族人死了数十人，包括刘秀的二哥刘仲。

新市兵与平林兵见汉军大败，信心动摇，想要自战场撤退。正在此时，下江兵五千余人前来，刘縯带着刘秀、李通去见他们的首领王常，分析"合则利，分则危"，王常与刘縯相约结盟。下江兵加入汉军，再会合新市兵与平林兵，军容复振。

联军休养三天后，分六路出击，先偷袭获取南阳郡政府军的辎重，再大破南阳郡军队。然后挺进宛城，与新政府派出的剿匪军将领严尤、陈茂会战，大胜。

至此，刘縯的汉军扩充到十余万兵力，因而让新市兵、平林兵感受到威胁。于是，他们要推戴一个傀儡，以压抑刘縯的风头。可是"人心思汉"，而刘縯是汉室皇族后裔，其他土匪不姓刘，难以得到众人认同。找来找去，找到平林兵中一位"更始将军"刘玄，与刘縯是刘姓皇族同一支的堂兄弟，于是新市兵与平林兵共同拥戴刘玄称帝（更始帝），史称"玄汉"，以宛城（今河南南阳市）为大本营。

全国人民起义蜂起，政府军一再战败，王莽不得不出动他的"压箱底"王牌部队，由大司空王邑与司徒王寻领军，六十三位精通兵法的参谋随行，阵容中包括一位巨无霸（身高一丈,腰粗十围),还带了虎、豹、犀、象等大量猛兽助威。总兵力四十三万人,号称百万,旌旗、辎重、人马千里不绝。与严尤、陈茂会合后,大军压向玄汉军队。

新朝大军杀来,前线的玄汉军队(实质上是互不统属的各股绿林兵)不敢对抗,最后都退进了昆阳城(今河南叶县)。昆阳城里弥漫着恐怖气息,将领们挂念自己的妻儿老小,于是有人主张化整为零,各自散去,说得好听是"不让敌人捕捉到我军主力"。

这个节骨眼上,持反对意见的,只有刘秀一个。他说:"我们兵力既少,粮食更少,而敌人却强大无比。如果合力御敌,还有成功的机会,一旦散去,必定被逐一收拾。目前宛城的军队还不能来救,万一昆阳被拔,其他部队必将在一日之间消灭殆尽。这是只能拼死守城的局面,想不到各位非但不能肝胆相照,誓死同心,反而只想到妻子儿女!"

诸将大怒,对着刘秀咆哮:"你怎么敢对我们说这种话!"

刘秀笑笑,起身离席。

刘秀才出去,探马来报:"敌人大军即将到达城北,连营数百里,看不见尽头,后方部队还在前进中。"

那些刚才对刘秀咆哮的将领,面对紧急状况,不知所措,只好再去请刘秀回来商量。

刘秀不愠不火,对着地图分析情势。诸将早没了主意,只好说:"全听你的。"

当时昆阳城中只有八九千兵力,敌人号称百万。刘秀盼咐王凤（新市兵）与王常（下江兵）守昆阳，自己与李轶等十三骑，冲出南城，征召附近变民军来救。当时抵达昆阳的王莽新朝军队已有十余万人，刘秀差一点无法突围。

闻报被冲出十几骑，王邑才下令"包围昆阳"。严尤建议："昆阳城小而坚固，守军人数无需很多，攻城部队却不易成功。如今那个窃号称帝的家伙（指更始皇帝刘玄），不在这里，而在宛城。我们大军攻向宛城，宛城解决了，昆阳自然不成问题。"

王邑说："我率领百万大军，遇到第一个叛军城池，如果打不下来，无以展现军威。我要先攻下此城，屠杀全城，踏着敌人的鲜血前进，前锋高歌，后部舞蹈，岂不快哉！"

王邑下令，对昆阳布下数十重包围，营寨数以百计，钲鼓之声传至数十里外。新朝军队夜以继日攻城，挖地道、冲撞城门，箭下如蝗、矢下如雨，城中守军必须背着门板（防御箭雨）才能汲水。

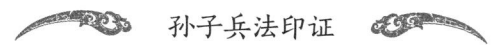
孙子兵法印证

《九变第八》：途有所不由，军有所不击，城有所不攻，地有所不争。

其中"城有所不攻"一句，好几位后代兵法家注释：如果城小但很坚固，粮食又充足的，不要攻城，而昆阳城正好就是这种情形。又有人注释：攻下来没有利益，攻不下反而挫了士气，不该攻，昆阳城也是这种情形。

昆阳守军统帅王凤请求谈判，可是王邑断然拒绝（一心想要屠城），认为胜利就在眼前，对敌人毫不在意。

懂兵法的严尤提出警告："《孙子兵法》说'围师必阙'，应该留一个缺口，让败兵将恐惧带去宛城。"可是王邑完全听不进去。

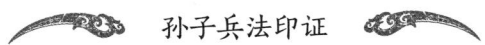 孙子兵法印证

《军争第七》：归师勿遏，围师必阙，穷寇勿迫。

这是分析敌军心态：一支急着回家的军队不要挡在他前面，因为他会拼命；包围一个城池要开一个缺口让他逃，否则他会死守，而我军就犯了"攻城为下"的错误；已经陷入困境的敌人（穷寇）不可持续施加压力，小心狗急跳墙，我军必有伤亡。

懂得兵法的严尤一再提出忠告，奈何王邑不听。

不许投降，又逃不出去，昆阳守军乃只有死守一途。另一方面，刘秀突围后，在郾城、定陵一带征调所有可

能征调到的变民军队。有些将领贪惜掠夺来的财宝，想要保留兵力看守。刘秀对他们说："这一次若能打败敌人，等待我们享用的财宝何止万倍？若被敌人打败，人头都没了，要财宝有何用？"诸将被他说服，乃投入所有兵力。

各路大军驰援昆阳，刘秀亲率一千兵力为前锋，在距离王邑大军四五里的地方布阵。王邑派出数千人搦战，刘秀领军冲锋，斩首数十级。

刘秀赢了第一回合，乘胜挺进。王邑军队阵脚松动，向后退却，玄汉各路援军乘胜攻击，斩首数百数千人。这下子就像骨牌效应，一连串小胜利累积成大战果，玄汉军诸将的胆气因胜利而愈壮，莫不以一当百。

刘秀再领三千人组成敢死队，沿着西城护城河，直冲王邑指挥部。王邑与王寻未将这支小股敌军放在眼里，自领一万余人，结阵以待，并且下令各营，未获允许不得出动，想要亲自收拾闯入包围圈的敢死队，以展现自己威风。

孰料，一经接触，王莽新军不堪一击，无法抵挡，只好向后撤退。各营未奉命令，不敢增援。王邑、王寻阵脚大乱，玄汉军冲垮了新军阵脚，王寻在乱军中被杀。

孙子兵法印证

《九地第十一》：所谓古之善用兵者，能

使敌人前后不相及,众寡不相恃,贵贱不相
救,上下不相收。

可是王邑却是自己把自己搞到全军大乱,古今庸将恐怕要推他第一了。

困守城内的玄汉军将领望见,都受到激励,说:"刘秀平素遇到小撮敌人都会胆怯,如今遭逢强大敌人却如此勇敢,还敢亲自带队冲锋。我们不该只在城上观战,应该下去与他一同杀敌。"

于是,昆阳城内守军开城杀出。前后夹击,杀声震天。王莽大军哗然崩溃奔逃,人马相互践踏,百里内伏尸遍地。又恰遇风云变色,巨雷狂风,屋瓦飞荡,大雨倾盆而下,河水暴涨,新军带来的虎豹猛兽在木笼中战栗,士卒淹死者上万人。

王邑带着严尤、陈茂,抛弃辎重,轻骑逃出,踏着士卒的尸体渡过河水,狼狈逃回洛阳。数十万大军溃散,散兵各自逃回原属郡县,无法再作集结。

经此扭转局面的一战,各地义军纷起,杀死州牧、郡守,自称将军,全都打着"汉"的旗号,等待玄汉政府的指令。此后,王莽的政令已出不了关中地区,而刘秀也奠定了他在各路义军当中的声望地位,后来他能够削平群雄,建立东汉帝国,就是奠基于昆阳之战。

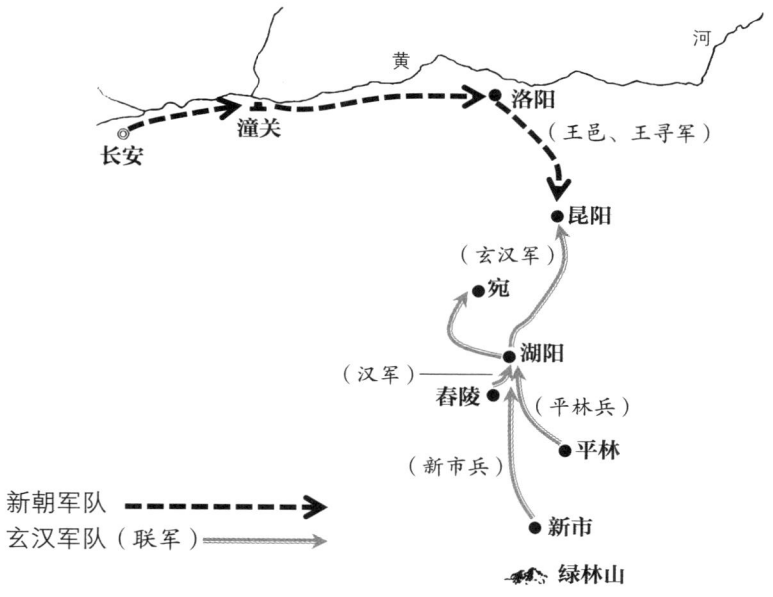

△昆阳之战

(七) 班超

三十六人威震西域

刘秀建立的东汉帝国,因他的儿子、孙子都很英明而昌盛,史称"明章之治"。

汉明帝时,奉车都尉窦固出击北匈奴,在天山大败匈奴呼衍王,一路追到蒲类海(今新疆巴里坤湖)。窦固在伊吾(今新疆哈密)驻军屯田,派手下一名胆识过人的将领班超出使西域各国。

班超出自一个书香世家,父亲班彪、哥哥班固撰《汉书》(后来由妹妹班昭完成),可是班超不喜欢笔墨生涯。

有一次，班超实在烦极了文书工作，将手中的笔扔到地上，感叹说："大丈夫即使不能惊天动地，也该效法傅介子和张骞，在异域创立功业，以博取封侯，怎么能一辈子庸庸碌碌困在笔砚之间呢？"（傅介子，西汉昭帝时出使西域，曾击斩匈奴使者，诱杀楼兰王。）

旁边的同事都笑他。

班超说："你们这些小人物，岂能理解壮士的怀抱！"

所以，当窦固征班超出使西域时，班超毫不犹豫地答应了，而且只带了三十六位部属。

班超离开伊吾，到了距离最近的鄯善国（就是楼兰，今新疆若羌县附近）。国王"广"接待他们，礼节非常恭敬周到，但不久之后，态度突然变得疏忽怠慢。

班超感觉有异，对随从人员说："你们难道没觉察鄯善王广的态度变得淡漠了吗？我研判一定是有北匈奴使者来到这里，使他犹豫不决，不知道该服从谁好。"

于是班超在服侍汉使的鄯善人中，找来一个比较老实的，诓骗他说："我知道北匈奴的使者来好些天了，现在住在哪里？"那侍者禁不住班超反复套问，将实情全都透露了。

班超将那个侍者关押起来，召集一同出使的三十六人，先跟他们喝酒。等到酒酣耳热的时候，用话煽动他们，说："诸君与我一同身处边地异域，均想借此立功，以求得富贵荣华。可是现在匈奴的使者来了才几天，鄯善王对我们就冷淡疏忽了。一旦鄯善王把我们缚送给北匈奴使节团，我们都将成为原野上豺狼的食物（意指曝尸荒野），你们看该怎么办才好？"

所有人齐声说道："我们现在处于危亡境地，是生是死，都由司马决定（班超的官职是假司马）。"

班超说："不入虎穴，不得虎子。为今之计，只有趁夜用火攻，他们不清楚我们究竟有多少人，一定会震慑害怕，我们正好趁机消灭他们。只要消灭了匈奴使节，鄯善王一定会吓破肝胆，我们就大功告成了。"

有人提醒："是不是应当和郭从事（副使郭恂）商量一下？"

班超激动地说："是凶是吉，在此一举。郭从事是个柔弱的文官，他听到这种拼命的事情，说不定会因为害怕，而暴露我们的行动计划。我们若白白送死，落了个不好的名声，就称不上壮士了。"

众人说："好！"

天黑以后，班超带领弟兄奔袭北匈奴使节团的馆舍。

当天晚上正好刮起大风，班超吩咐十个人拿了军鼓，隐藏在屋子后面，相约："一见大火烧起，就立刻擂鼓呐喊。"其余人都带着刀剑弓箭，埋伏在门外两旁。

于是班超亲自顺风点火，屋后的人一起擂鼓呼喊。屋内匈奴人一片惊慌，夺门而出。班超亲手击杀三人，部下亦斩杀北匈奴使者及随从人员三十多人，没跑出来的一百多人通通被烧死在里面。

第二天一早，班超才告诉了郭恂。郭恂一听大惊失色，随即脸色又阴晴不定，班超看透了他的心思，举手对他说："你虽未一起行动，但我怎么会独占这份功劳呢？"郭恂这才高兴起来。

接着，班超派人请鄯善王广前来，将北匈奴使者的头颅排列在进入宾馆的道路两旁，鄯善举国震恐。班超趁势对鄯善王晓以大义，再好言安抚宽慰一番，接受鄯善王的儿子作为人质，入觐汉朝。

班超回到伊吾覆命，窦固上书朝廷，详细报告班超的功劳，并请求朝廷另行选派使者出使西域。

汉明帝对班超的胆识十分赞赏，下诏给窦固："像班超这样现成的奇才，为什么不派他，而要另外物色呢？擢升班超为军司马，让他继续完成出使的任务。"

窦固命班超出使于阗（都城遗址位于今新疆和田市），问他："要不要多带一些人马？"

班超说："于阗是个大国，距离更为遥远（在南疆塔里木盆地，伊吾跟鄯善都在北疆），即使带数百人去也不能展现强大，如果遇到不测的事情，人多了反而更添累赘。"于是仍然带领原来的三十六名兄弟前往。

当时于阗王广德刚刚打败了莎车国，声威大振，雄霸南道，而北匈奴派来的使者更对他严密监护。因此，班超到达于阗国时，广德王态度冷漠（既不屑班超人马少，也不敢对汉使显得热络）。

于阗人民信神巫，神巫放话说："天神发怒了，责备我们为什么勾结汉朝。汉使有一匹黄身黑嘴的骏马（骢），赶快拿来给我祭祀天神！"

于阗王广德派宰相去向班超要求那匹骢。班超一口答应给马，可是"要神巫亲自来取"。过一会儿，神巫来到，班超二话不说，立即拔刀砍下他的脑袋，还用皮鞭抽打于阗国宰相，一齐送还于阗王广德，并且严词谴责。

广德早就听说班超在鄯善国诛灭匈奴使者的英勇事迹，这下子更加惶恐不安，于是下令攻杀北匈奴使者，归降汉朝。班超重重赏赐了广德及其臣下，于阗国就此镇服，并且成为班超的驻地，招抚西域各国。

当时，匈奴在西域的代理国是龟兹（今新疆阿克苏等地区），龟兹王"建"依恃匈奴势力，占据西域北道，攻破疏勒国（今新疆喀什地区），杀死国王，另立龟兹人兜题为疏勒王。

班超的战略是先帮助疏勒复国，然后击败龟兹，才能让西域各国归顺。

收服于阗的第二年春天，班超带领部下取道小路，去到疏勒国，离兜题所居住的盘橐城只有九十里，预先派部下田虑去劝降兜题，并指示："兜题本非疏勒人，疏勒人民一定不会为他尽忠效命，他如果不肯归降，就将他扣押起来。"

田虑到达盘橐城，兜题看他孤单力微，毫无归降之意。于是田虑趁他不提防，就扑上去，将他捆绑起来。事出突然，兜题的手下一哄而散。田虑派人飞马驰报班超，班超军队即刻进城，召集疏勒文官武将，历数兜题的罪状，另立原来国王的侄子"忠"为疏勒王，疏勒人都很高兴。

汉明帝去世，北匈奴的盟国趁机攻打汉军驻地，西域都护陈睦的驻地被攻陷。班超陷于孤立，固守盘橐城，与疏勒王忠互为首尾，但兵少势单，坚守了一年多。刚即位的汉章帝鉴于陈睦全军覆没，恐怕班超势孤力单，难以支撑下去，就下诏召回班超。

班超出发回国，疏勒全国上下都感到担心害怕，一个名叫黎弇的都尉说道："汉使若离开，我们必定会为龟兹所灭。我实在不忍心看到汉使离去。"说罢就拔刀自杀了。

班超归汉途中来到于阗国，国王以下的人全都悲号痛哭，说："我们依靠汉使，就好比婴儿依靠慈母一样，你们千万不能回去。"还紧紧抱住班超坐骑的脚，使马无法前行。

班超看到于阗人民情深意坚，又想实现自己的壮志初衷，于是改变主意，调转马头，返回疏勒。疏勒国中有两座城池，在班超离去后，已经投降了龟兹国，并且与尉头国联兵叛汉。班超捕杀了叛降者，又击破尉头国，杀六百余人，疏勒国重新安定下来。

从此，班超暂时放下汉朝使者的身份，开始联合西域各国，对抗匈奴跟它的盟邦。

回转疏勒的第三年，班超率领疏勒、康居、于阗和拘弥等四国军队一万多人，攻占了姑墨的石城，杀敌七百余人。班超想要就此平定西域诸国，一度上书汉章帝请求援兵。汉章帝批准了，可是援兵总数只有一千多人，多半是减刑的罪犯，只有部分是自愿出塞的兵士，由徐干带领。

班超会合援兵打胜了第一仗，想要直捣龟兹，可是自己兵力不足，希望借助乌孙（今新疆伊犁）的兵力，于是再度上书汉章帝。章帝采纳了他的建议：晋升班超为将兵长史，并破格使用鼓吹幢麾（旌旗仪杖），同时晋升徐干为军司马，另外派遣卫侯李邑护送乌孙使者回国，携带去赠送给大小乌孙王及其部属的许多礼物。虽然乌孙并未发兵，但至少换得乌孙王派遣世子入侍（到洛阳当人质）。

隔年，班超用重礼收买月氏王（大月氏当时在今伊犁河流域），说服康居王不与叛变的疏勒王忠联合，然后平服叛变，西域南路从此打通。

又隔年，班超征发了于阗等国的军队二万五千人，再次攻打莎车，龟兹王则纠合温宿、姑墨、尉头等国五万军队援救莎车。

面对这场西域争霸的决战，班超召集将领和于阗王开军事会议，指示战术："眼下我们寡不敌众，只能分进合击，于阗军由此向东而进，我军向西运动，等到昏黑鼓响后分头出发。"但事实上并未分兵。

班超暗中放松对俘虏的看守，让俘虏逃回去报信。龟兹王得到汉军动向的假情报，亲自率领一万骑兵赶往西边去拦截班超，另命温宿王带领八千骑兵赶往东边去阻击于阗军。

班超等到探子回报，得知两支敌军已经分兵而出，即刻将全部兵力集合，在鸡鸣时分飞驰奔袭莎车军营。莎车军一片惊乱，四方奔逃。班超追击歼敌五千多人，缴获了大量的牲畜财物，莎车王投降，龟兹等军只好各自撤退。

于是，班超威震西域，他回国之前，龟兹都不敢妄动。

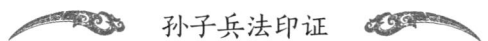
孙子兵法印证

班超具有《孙子兵法》教不来的一项能力：胆识。

只带三十六人勇闯西域，是"胆量"；屡次以突击胜敌，是"胆气"。然而他绝非暴虎冯河式的大胆，而是在对西域各国的国情、地理、人情都清楚了解的前提下的大胆，那就是"胆识"了。

《九地第十一》：投之无所往，死且不北；死焉不得？士人尽力。兵士甚陷则不惧，无所往则固。

意思是：将队伍投放在别无去处的地方，士卒死也不会败退；士众拼死一搏，焉有不胜之理！兵士深陷于危险之中反而不会产生恐惧，别无去处就会团结一心。

班超告诉三十六位兄弟当前处境"别无选择",束手就缚的下场必定是曝尸荒野,所以众人团结一心,奋勇突击。

《谋攻第三》:故上兵伐谋,其次伐交。

班超没带人马,固然是"人多反而累赘",但是要对抗匈奴势力,还是得有军队。而他凭借超级"说服能力"(突袭、杀人不眨眼、恩威并济),首先收服鄯善,然后于阗、疏勒,手法都不同,效果却都一样:集合西域国家的力量,对抗匈奴势力。这正是他不必依靠大军出塞,就能威震西域的本事。也是本书选择十位名将时,放弃汉朝的李广而取班超的原因。

《用间第十三》:反间者,因其敌间而用之。

跟前面赵奢(长平之战)的用间方法相较,班超没有逮到的敌间可以运用,但是他有俘虏,以之创造出"反间",而反间带回去的假情报,成功实现了让敌人分兵的效果。

《谋攻第三》:故用兵之法,十则围之,五则攻之,倍则分之,敌则能战之。

班超掌握联军二万五千人,敌方则有五万人,反间让龟兹王分出一万八千骑兵,班超又出其不意,向敌人以为安全的莎车军发动突击,一举获胜。

⑧ 官渡之战

曹操把握住袁绍的每一个失误

东汉末年,先经过黄巾之乱,各地的"义军"变成诸侯私人武力,继之诸侯讨伐董卓,董卓挟持汉献帝去了关中,于是各路诸侯开始混战。

经过一番攻伐兼并,北方形成袁绍跟曹操争霸的局面,一山容不得二虎,双雄对决势不可免。袁绍据幽州、冀州、青州、并州,尽有河北之地,兵马壮盛,明显处于上风;曹操据有兖州、豫州、徐州、扬州与河内郡,但因处于四战之地,南边有张绣(宛城)、刘表(荆州)、孙策(江东)伺机而动,形势上处于下风。

袁绍出现第一个失误:不迎天子。

汉献帝在董卓被杀之后,逃出关中,一路上不乏诸侯想要"奉迎天子",可是汉献帝看他们都不成气候,继续往洛阳奔逃。袁绍的智囊沮授向他提出"奉天子以讨不臣"的大战略,可是袁绍三心二意,最终没有采纳。而曹操的智囊荀彧极力主张奉迎天子,曹操便将汉献帝"迎"到根据地许昌(今河南许昌市),开始用皇帝的诏书(其实是曹操的意旨)支使诸侯,包括袁绍。

曹操的势力扩增,渐渐进入河北。袁绍感受到压力,决定出手"解决"曹操,于是挑选精兵十万,战马万匹,举兵南下,目标直指许昌。

消息传到许昌,曹操部将多认为袁军强大不可敌,但郭嘉与荀彧为曹操分析了袁绍与他的"十败十胜"因素:

一、袁绍爱摆架子,曹操随和待人,是待人作风胜;

二、袁绍名义上是臣子,曹操可以打着天子旗号,是政治号召胜;

三、袁绍政令松弛,曹操政令严厉,是治理方法胜;

四、袁绍只信任自己子弟,曹操用人不分亲疏,是胸襟气度胜;

五、袁绍多谋少决,曹操见好即刻施行,是谋略决断胜;

六、袁绍沽名钓誉,曹操不尚虚名,是品德言行胜;

七、袁绍只看见眼前大小事,曹操深谋远虑,顾及执行

细节,是见识周密胜;

八、袁绍阵营派系争权夺利,曹操阵营谄言不行,是智慧明察胜;

九、袁绍行事是非不明,曹操是是非非,是公正法治胜;

十、袁绍打仗喜欢壮大声势,曹操用兵虚实莫测,是军事才能胜。

以上十项,在《孙子兵法》里,就是《始计第一》的庙算五指标:道天地将法。

然而,袁绍终究兵力强大,曹操必须以寡击众,当然更不能侧翼受到攻击。于是,他派臧霸自琅邪(今山东临沂北)出兵,攻击青州,牵制袁绍在东方的军队;另派人跟关中诸将(董卓旧部)联络,稳住西方侧翼;正面则派于禁率步骑二千屯守黄河南岸的重要渡口延津,支援驻守白马(今河南滑县东,黄河南岸)的刘延,跟在官渡(今河南中牟东北)的主力结为掎角之势。

这个战场布局基本上是跟袁绍隔着黄河对峙,不是全线防守黄河南岸,而是集中兵力,扼守要隘,重点设防,以逸待劳,后发制人。尤其重要的是,官渡距离许昌比较近,粮秣供应线比袁绍短。

孙子兵法印证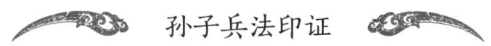

官渡之战曹操将《孙子兵法》的"奇正相生"发挥得淋漓尽致，正面摆出阵势的其实不是主力，主力以奇兵姿态迅速在次要战场收拾敌军后，又迅速回到主战场。

《兵势第五》：凡战者，以正合，以奇胜。……战势不过奇正，奇正之变，不可胜穷也。

后面击败刘备、解白马之围、突袭乌巢等，都是奇正交互运用的经典之作。

正在此时，刘备起兵反曹，占领下邳，屯据沛县（今江苏沛县），并与袁绍联系，跟袁绍合力攻曹。曹操为避免两面作战，决定先击溃刘备，于是亲自率精兵东击刘备，迅速取得胜利，迫降关羽。刘备全军溃败，只身逃往河北投奔袁绍。

这时，袁绍犯下第二个失误。

当曹、刘作战正酣之时，袁绍谋士田丰建议袁绍，出动大军阻击曹操后方，但袁绍却因小儿子生病而未采纳，致使曹操从容回军官渡。

袁绍终于决定发动攻击，他先派颜良进攻白马，意图先夺取黄河南岸要点，以保障主力渡河。而曹操为争取主动，求得初战的胜利，亲自率兵北上解救白马之围。谋士荀攸建议声东击西，分散袁绍兵力，先引兵至延津，伪装渡河，突击袁绍后方，迫使袁绍分兵向西，然后以轻骑迅速袭击进攻白马的袁军，攻其不备。

曹操采纳了这一建议，袁绍果然分兵延津。曹操乃派张辽、关羽为前锋，急趋白马。关羽迅雷不及掩耳，冲进万军之中，斩颜良之首而还，袁军溃败。

解了白马之围后，曹操沿黄河向西撤退。袁绍率军渡河，派大将文丑率轻骑兵追击，曹操当时只有骑兵六百，而文丑有五六千骑兵，还有步兵在后跟进。曹操令士卒在白马山南麓解鞍放马，并故意将辎重丢弃道旁。袁军中计，纷纷争抢财物。

此时，曹操突然发起攻击，文丑被杀，曹操顺利退回官渡。颜良、文丑都是河北名将，却在一开战就先后折损，袁军士气为之沮落。

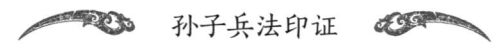 孙子兵法印证

《兵势第五》：故善战者，求之于势，不责于人，故能择人而任势。

意思是必须"择人任势"——择勇怯之人，任进退之事。选择张辽、关羽就是用勇敢的将领执行快速

打击的任务；需要坚守挺住的任务，则选择能忍（不是胆怯）的将领。

而袁绍军队士气受到打击，则印证了：

《军争第七》：故三军可夺气，将军可夺心。

袁军初战失利，但兵力上仍占有优势。双方建立营垒相互攻守，袁绍命人堆土如山，在土山上构筑楼橹（瞭望、攻守的高台），用箭俯射曹营。曹军则使用霹雳车（一种抛石装置），发石击毁袁军的楼橹。

袁军又掘地道进攻，曹军则在营内掘长堑相抵抗。双方相持三个月，曹操兵少粮缺，士卒疲乏，几乎快要失去坚守的信心。

有一天，看见运粮士兵疲惫工作，曹操于心不忍，脱口而出："再辛苦十五天，我为你们打败袁绍，就不必再辛苦了！"

但那话说得其实心虚，在此之前，曹操写信给荀彧，表示想要退守许昌，而荀彧回信说："袁绍将主力集结于官渡，想要跟我们一决胜负。我方以至弱对抗至强，若不能打赢这一仗，必将处于极端不利的形势，这是决定天下大势的关键时刻。主公以一当十，扼守要冲，让袁绍无法前进，已经挺了半年。情势明朗，绝无回旋的余地，重大的转变机会不久就会出现。这正是出奇制胜的时机，千万不可坐失。"

于是曹操决心继续坚守,等待时机。

他知道敌方同样粮秣不继,于是采取粮道战:一方面加强自己的粮道安全,将运粮车队分成十个纵队,轮番出发,万一被攻击,可降低损失;另一方面,派曹仁截击、烧毁袁军数千辆粮车,增加袁军的补给困难。

然后出现了荀彧所谓"重大的转变机会":袁绍谋士许攸投奔曹操。这便是袁绍第三个致命失误:在关键时刻逼反重要谋士。

曹操听说许攸来奔,连鞋子都来不及穿,光着脚出来迎接,鼓掌大笑说:"子远(许攸字)来到,我的大事成了!"

宾主就座后,许攸问曹操:"袁绍兵力强大,你有什么好策略?如今还有多少存粮?"

曹操说:"还可以撑一年。"

许攸说:"不对吧,再说一次。"

曹操说:"可以撑半年。"

许攸说:"阁下不想击败袁绍了吗?怎么不肯说实话!"

曹操:"方才是说笑话。老实说,只剩一个月军粮了,你说,该怎么办?"

许攸向曹操透露一个情报:袁绍的粮草和辎重屯在故市、乌巢,由淳于琼领一万军队防守。若以轻骑突袭,放火烧粮,不出三日,袁绍部队就会崩溃。

曹操得到这个宝贵的情报,立即采取行动,亲率一支步骑兵五千人的混合部队,打着袁绍部队的旗帜,马口衔枚

（木枝），避免吐气出声，步兵每人带一束薪柴，利用夜暗走小路偷袭乌巢，到达后立即围攻放火。袁军陷入恐慌，守将淳于琼挨到天明，才发现曹军兵力不多（只有五千，自己有一万），率军出营回击，怎奈主动权已握在曹操手上，淳于琼败退回寨自保。

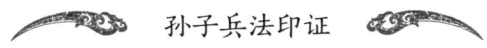

孙子兵法印证

《火攻第十二》：凡火攻有五：一曰火人，二曰火积，三曰火辎，四曰火库，五曰火队。

"火人"就是烧人，如前章班超放火烧匈奴使节团；"火积"就是烧敌方的粮草，如本章曹操烧袁绍粮车；"火辎"就是烧敌方辎重，包括攻城器械等，迟滞敌方攻势；"火库"就是烧敌方兵库，使其无法补充武器、战服等；"火队"就是放火烧乱敌方行伍阵形，如田单火牛阵的作用。

袁绍在官渡大营得到报告，决定攻击曹操大营，绝其退路。命大将高览、张郃执行这项任务。

张郃说："淳于琼一旦被歼，我们将陷入危急，应该先救淳于琼。"可是参谋郭图附和袁绍，力主攻击曹操大营。于是袁绍决定，只派出轻骑兵援救淳于琼，而以主力攻击曹操大营。结果久攻不克。

救援的骑兵抵达乌巢,曹操的左右报告:"敌军已经接近,请分军阻击。"

曹操大怒开骂:"等他们到了背后,再告诉我。"

曹操下定决心"顾前不顾后",曹军陷入腹背受敌的险境,士卒死中求生,拼命向前,杀声震动天地,终于击溃乌巢守军,斩淳于琼,纵火焚烧袁军屯粮。然后曹操下令:将俘虏割下鼻子,牛马割下唇舌,驱回袁绍大营——如此残忍的画面,令袁军官兵大为震怖。

郭图的谋略失败,反而陷害张郃,对袁绍说:"张郃听说兵败,现出高兴神情!"张郃与高览在前线攻曹操大营,听到消息,烧毁攻寨器械,投降曹军。袁绍大军在一连串不利军情的冲击之下,霎时崩溃,官兵四散逃命。袁绍跟儿子袁谭,只带了八百余骑兵,北渡黄河,奔回大本营邺城。

这一场大战,奠定了曹操独霸北方的地位。

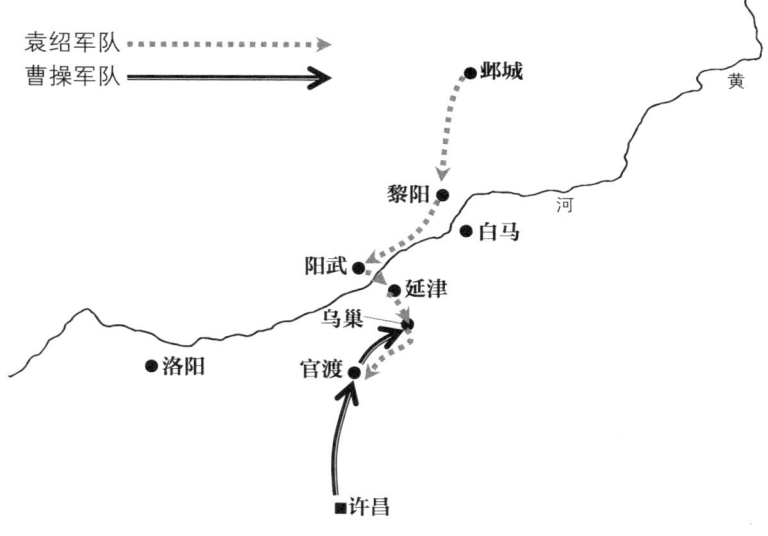

△官渡之战

⑨ 赤壁之战

心态影响了战术，风向决定了结果

官渡之战曹操击败袁绍，确定他独大，但是还没有"清扫干净"。后来他又花了七年时间，才算一统北方（还不包括西北）。

然后曹操开始南征准备，包括在邺城（之前袁绍的大本营）凿了一个人工湖玄武池练水军；派张辽、于禁、乐进等将领驻兵许昌以南，矛头指向荆州。此外，他还做了一个政治动作：命令西北军阀马腾全家迁至邺城，避免后顾之忧。

荆州牧刘表之前在袁绍和曹操之间摇摆不定，袁绍败亡以后，他也看出来曹操下一个目标就是荆州，却又不甘心臣服曹操，终于顶不住压力去世。

刘表一死，曹操认为机不可失，决定即刻挥师南向。他采纳荀彧的建议，除了先前在许昌以南驻军的张辽、于禁、乐进，再加派军队，共七位将领、八万大军。自己另领一军，抄捷径轻装疾趋宛城与叶县，逼近荆州南郡。继位荆州牧的刘表次子刘琮，接受了蒯越、韩嵩及傅巽等游说，献出荆州归顺曹操，于是曹操大军进抵新野（今河南南阳市）。

驻军樊城的刘备这才知道曹操来了，他无力抵挡，只好弃樊城往南逃，目标江陵（今湖北江陵县），那里有刘表贮存的武器、粮草与装备。

曹操听说刘备南走，生怕刘备得到江陵军实（军用器械与粮食），于是派乐进守襄阳、徐晃屯樊城，自己则放弃辎重，带着曹纯、曹休等，率虎豹精骑五千追击刘备。

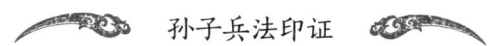

孙子兵法印证

《军争第七》：是故军无辎重则亡，无粮食则亡，无委积则亡。

"委积"有两个解释：一说是"财货"，今天称经费；另一说是装备。

无论如何，曹操因为怕刘备得到武器、粮草、装备，自己抛弃辎重。这一点上面，有得有失。

刘备打一开始就担心辎重拖累，因此派关羽押运辎重，顺汉水前往江夏（今湖北武汉市），自己走陆路往江陵。可是，荆州人士不愿归附曹操的，很多都跟着刘备南行，使得刘备一日只能前进十多里，终于在长坂（今湖北荆门市）被曹操追上，十万军民被曹军打得溃散四逃。刘备率本部人马往汉水逃亡，幸能与关羽水军会合，顺流而下到江夏投靠刘琦（刘表的大儿子）。

曹操的轻骑兵无法追击水军，于是转往江陵，巡抚荆州吏民，重用归附的蒯越、韩嵩及傅巽等人，并收编荆州水军，准备东下追击刘备。

荆州在长江中游，中游发生剧烈变化，下游的孙权感觉到威胁，就派鲁肃去江夏看看情况如何。鲁肃是最早提出"鼎足"战略观的人，问题在于荆州刘表是孙权的杀父仇人（孙坚与荆州军打仗时阵亡），不能提议跟刘表"鼎足"。刘琮投降曹操，刘备不投降，于是有了合作对象。可是，鲁肃半路上听说刘备在长坂被击溃，便转往江夏跟刘备碰头，劝他跟孙权合作抗曹。刘备当然不反对，反而担心孙权抵抗曹操的意志不够坚决。

因此诸葛亮出马了。他随着鲁肃去到柴桑（今江西九江市），当面向孙权分析曹军的弱点：曹操劳师远征，士卒疲惫；北人不习水战；荆州之民尚未心服曹操。而刘备与刘琦合起来有二万人可用之兵，如果孙刘联合，肯定可以取胜。

诸葛亮在襄阳时，就向刘备提出"隆中对"，也就是鼎足三分大战略。他对孙权更明确表示：尔后三分天下，联合抗曹。孙权于是派周瑜、程普前往帮助刘备。

曹操当然不愿见孙权跟刘备联合，可是他刚刚取得荆州，志得意满，认为刘备是手下败将，不足为患；孙权当时才二十七岁，曹操五十四岁，把孙权当小孩子，也没放在眼里。所以，曹操送去江东一封劝降信，信上说"今治水军八十万众，方与将军会猎于吴"，恐吓意味极重。这封信把江东的"鸽派"大臣吓着了，纷纷主张"迎曹"，孙权心里不以为然，却又拗不过他们。

鲁肃私下建议孙权，召回周瑜，征询他的意见。周瑜回到柴桑，分析曹操的弱点，跟诸葛亮所见略同，还多了一项"又今盛寒，马无蒿草，驱中国士众远涉江湖之间，不习水土，必生疾病"。这一番道理听来简单，却能切中曹军要害：北军战马缺粮草，而南方无以供应；北方战士水土不服，军中疫病流行，战力又打一个大折扣。孙权听了，下定决心开战，拨给周瑜三万水军，西上抗曹。

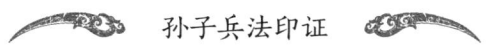

《行军第九》：凡军好高而恶下，贵阳而

贱阴,养生而处实,军无百疾,是谓必胜。

意思是:军队安营扎寨时,要选地势高处、向阳方位、近水草的地方。能够保持军队都不生病,就能打胜仗。

很多考证赤壁之战的研究,对于曹操吃败仗,都指向军中流行疫病,使得兵力大打折扣。

曹操将大军分为两路,步军与水军维持同步,沿着长江两岸顺流推进,北岸军到了乌林,南岸军到了赤壁。周瑜也来到赤壁,与南路曹军打了一仗,曹军不敌。曹操即刻下令,南岸的步军全部上船,驶向北岸,两路军在乌林会合安营,并且令所有船舰两两相连,减少船身晃动幅度,维持北兵的战斗力。

江东水军一向以接舷战制胜,曹军两大船一体,使得进行接舷战时,船上步兵数量倍增,这让周瑜十分头痛。江东将领黄盖此时提出火攻建议:"今寇众我寡,难与持久,然观操军船舰,首尾相接,可烧而走也。"双方的斗智非常精彩。

原本江东水军比较灵活,在大江上打接舷战,可以一对一各个击破;曹操采取"双舰合一",若打接舷战就成了"二打一";黄盖建议用火攻,则烧一船等于烧两船。

想要进行火攻,先决条件是能够接近曹军船舰。于是黄盖派人给曹操送去一封"降书",而曹操居然信了(《三国演义》杜撰了一幕"周瑜打黄盖"的假戏,为曹操居然糊涂到相信黄盖诈降合理化），并约定黄盖投诚的时日。

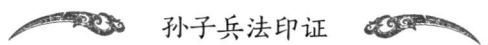 孙子兵法印证

《火攻第十二》：发火有时，起火有日。时者，天之燥也；日者……风起之日也。

曹操是注解《孙子兵法》各家中最有名的一位，他肯定明白这一段。可是他不熟悉南方的季节气候，包括干季与起风日等，才会跟黄盖约定"那一天、那一刻"。

到了"那一天、那一刻"，黄盖准备了十艘轻利船舰，满载薪草膏油，外用赤幔伪装，上插旌旗龙幡。当时东南风急，十艘船在中江顺风而前，黄盖手持火把，使众兵齐声大叫："降焉（投降来了）！"曹军官兵毫无戒备，众人站在船上"延颈（伸长脖子）观望"，口中议论纷纷，以为胜利在望。

离曹军二里许，黄盖下令点燃柴草，十艘船同时发火，火烈风猛，船往如箭，烧尽北船，延及岸上各营。"顷之，烟炎张天，人马烧溺死者甚众。"

曹操见败局已无法挽回，当即自焚余船，引军沿华容（今湖北监利市北）小道向江陵方向退却。到了江陵城下，他担心败战消息传回许昌，朝廷内会发生变故，因此没有进城，

交代曹仁等继续留守江陵、满宠屯驻当阳,自己马不停蹄赶回许昌。

曹操经此一败,失去统一天下的最好机会,从此没有再采取大规模南进的行动。且由于鲁肃和诸葛亮分别在孙、刘两个阵营,推动联合抗曹战略,孙权将荆州借给刘备,就此奠定"三分天下"的局面。

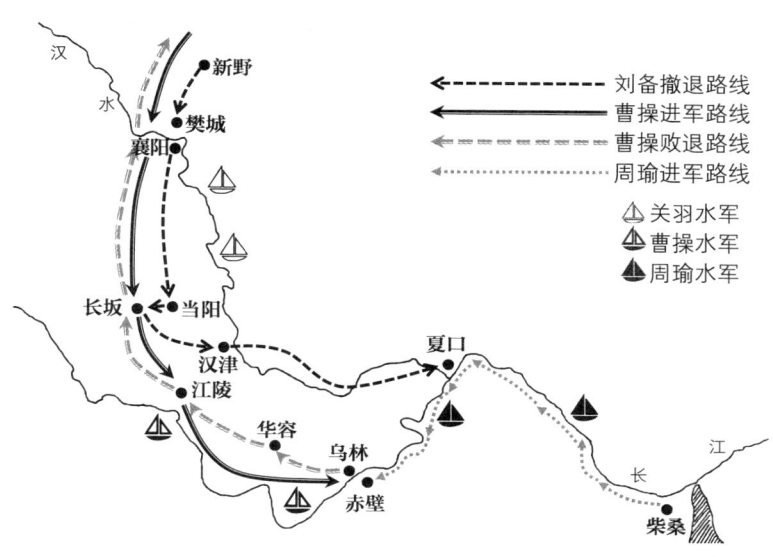

△赤壁之战

⑩ 诸葛亮

   最会处理败战的名将

"诸葛大名垂宇宙"（杜甫诗句），是吧？所以，诸葛亮的来历就不浪费笔墨了。

然而，陈寿《三国志》对他的评语中有四句：治戎为长，奇谋为短，理民之干，优于将略。意思是：诸葛亮的政治才能优于军事才能，而军事才能方面，治理军队又优于战术谋略。这几句受到后世《三国演义》读者中孔明粉丝的强烈质疑，但陈寿所言其实准确描述了诸葛亮的才能。

诸葛亮提出"隆中对"，是一个超越凡俗的大战略，让刘备从"丧家之犬"到"鼎足三分",那是他作为战略家的无与伦比的杰作。更了不起的是,他在"高调论述"之后,能"促其实现",后来更勉力维持,终其一生。

而诸葛亮的"名将生涯",要从刘备白帝城托孤才开始。在此之前,大致上都是刘备亲自带兵打仗,麾下能够独当一面的,只有关羽。诸葛亮在刘备时代一直扮演"萧何"角色,也就是充分发挥了"理民之干",让刘备在前方作战能够不虞后勤。

白帝城托孤之后,一切都翻转了。现在上位的皇帝是刘禅(阿斗),诸葛亮名义上是"老二",却必须承担"老大"的责任,所有大小事都得他来拍板。而最大的困难是:荆州没了。

东吴占有荆州、蜀汉失去领土,问题还不算最大,因为蜀地易守难攻,若只求自保,其实还可以撑很久。问题在于,东吴的实力不足以支撑那么大一条防线:之前只管长江下游,现在占有荆州,防线扩大了一倍。简单说,天下"鼎足而三"的前提是,吴、蜀有默契,各自在东方和西方牵制曹魏,一方有事,另一方就出兵帮忙"减压"。如今蜀汉没了荆州,土地与人民不足以支撑"鼎足"的一足,东吴则力不足以支撑半壁防线,眼看"三分"就要破局。

诸葛亮于是采取了"任势胜形"战略,以物理的力学观念来比喻,就是不断增加"动能",以补"位能"之不足——蜀汉以弱势的一方主动出击,并且次数频繁到能够平衡三国版图的差异,具体的做法就是:北伐。而蜀中本来就缺乏大将(刘备、关羽、张飞都已不在),诸葛亮只有亲自领兵出征。拿汉初三杰来比喻,诸葛亮之前只要扮演"萧何",现在连"张良与韩信"都包了。

同时是国家最高决策者与军事统帅,诸葛亮确实做到了"上兵伐谋,其次伐交,其次伐兵",但是他也犯过"其下攻城"的错误。

他首先确定,北伐必先南征,也就是安定大后方。当时蜀汉南方有一个叛乱集团,首领是个汉人,名叫雍闿,他连续杀了两个太守,并向东吴投诚,还煽动南方人民"起义"。

诸葛亮先用安抚手段,不出兵清剿,关闭所有关隘,积蓄粮秣准备日后使用。等到邓芝出使东吴成功,重新建立吴蜀联合抗魏的默契,确定东吴不会再支持雍闿,他才亲自率军南下。

大军出了成都数十里,参军马谡一路送行,在辞别时向诸葛亮提出建议:"南中(今云南、贵州、四川的部分地区)叛乱不服已有多年,今天讨平,明天又反。如果将他们屠灭,以求永绝后患,既失仁爱之心,短时间又不可能消灭完全。用兵之道'攻心为上,攻城为下,心战为上,兵战为下',我建议您以收服他们的心为务。"这个建议跟诸葛亮的想法不谋而合,从此认定马谡有将才。

到了南中,蜀汉军队连战皆捷,击斩雍闿后,大军分三路进兵,在滇池(今云南昆明市境内)会合。蛮族首领孟获集结雍闿余众继续抵抗,由于孟获素来得到南中蛮族跟汉人的敬重,诸葛亮下令"一定要生擒孟获,不准伤害他",不久果然生擒。

诸葛亮带孟获参观蜀汉大军营垒,问他:"怎么样,我们的军容盛大吧?"

孟获说:"之前不晓得彼此虚实,所以战败。现在看过了你的营垒,如果就这样而已,我要取胜易如反掌。"

诸葛亮闻言,笑着下令为孟获松绑,说:"你回去,我们再战一场。"

再战,诸葛亮再一次俘虏孟获。相同对话与戏码重复上演,最终诸葛亮将孟获"七擒七纵"!

最后一次,诸葛亮仍然要孟获回去卷土再战,孟获不走了,说:"阁下天威莫测,南中从此不再反叛。"

诸葛亮于是平定南方四郡,凯旋,同时任命南中各族原来的酋长为州郡官吏,命他们征收金银、丹漆、牛马等,供应国家与军事需要。

两年后,南方不但没有再度反叛,反而成为蜀汉北伐的后勤与兵源基地,诸葛亮乃能放心北伐。他上书刘禅(《前出师表》),然后率领大军进驻汉中(今陕西汉中市)。

魏明帝曹叡(曹丕之子)得到消息,打算先发制人,发动攻击。可是身旁的文官却说:"当年武皇帝(曹操谥号魏武帝)攻打张鲁,陷入危境,靠运气才勉强成功,他多次谈及:'南郑(汉中郡治)简直是天然的牢狱,褒斜谷根本是一条五百里长的石穴。'不如命令将领分别把守险要关隘，敌人进攻不利，自然会撤退。"这个建议是正确的，可是魏明帝打消了先发制人的念头，却没有下令各地方要加强戒备，诸葛亮因此有了可乘之隙。

曹魏当时镇守关中的是安西将军夏侯楙，也是曹操的女婿、曹叡的姑丈。蜀汉将领魏延向诸葛亮请缨："夏侯楙是靠裙带关系当上将军，既没有胆量，又没有谋略。请拨给我五千精兵，外加五千后勤补给军士，穿过子午谷北进，十天之内可以到达长安。夏侯楙肯定闻风逃窜，长安城兵不血刃到手，魏国的粮仓和关中民间存粮，足够我们部队给养。等到魏国在东方集结兵力，最快也要二十天才能到达关中，而丞相大军从褒斜谷北上，也该到达了。这样，咸阳以西可以一举收复。"

诸葛亮没有采纳这个建议。

◎汉中进攻关中的四条路线

第一条是走子午道，由正南方经子午谷直取长安，即从前刘邦入汉中时，张良建议刘邦"烧栈道"的那一条，魏延建议的就是这一条。这条路线最直、最快，却也最险，若不能速胜，很可能自取灭亡，诸葛亮始终都没有走这一条路线。

第二条路线是走褒斜道，循褒水、斜水河谷，最后出斜谷口（今陕西宝鸡市境内）进入关中平原。这是从汉中的角度，从关中的角度则是溯溪入蜀，历史上秦国灭蜀就是走这一条路。

第三条路线是走陈仓道，主要是循嘉陵江上游古河道，也就是韩信"暗度陈仓"袭取关中的路线。

第四条路线是兵出祁山，先取陇右，徐图关中。这条路最迂回，可是也最稳妥，因为道路平缓得多。

诸葛亮放出消息：大军将循褒斜谷攻取郿县（今陕西宝鸡市眉县），并派出赵云、邓芝率军据守箕谷，故布疑阵。自从关羽、张飞死后，蜀汉最有名的勇将就是赵云，曹魏当然相信诸葛亮的主力将从这条路线来，因此派大司马曹真都督关右诸军（总管函谷关以西所有军队），进驻郿县。

但事实上，诸葛亮本人率领主力大军走祁山河谷。那一片地方已经很多年没有战争，各郡县也毫无防备，听说诸葛亮大军杀到，地方官手足无措，老百姓态度摇摆（那一带从前是马腾、马超父子的地盘）。一时间，天水、南安、安定三郡（都在今甘肃东部，靠近关中）先后叛魏，归附蜀汉。

魏明帝曹叡命大将张郃领步骑五万人西上阻截，自己御驾前往关中，以鼓舞士气。

蜀汉军队却在这个当口发生重大失误。诸葛亮派马谡统御前线各军固守街亭（今甘肃天水市境内），那是一个河谷开阔、四通八达的战略要地,进可攻退可守。可是马谡却违背了诸葛亮的指示,放弃水源和城垒,竟然在山上筑营。张郃大军开到,切断马谡军的水源,等到蜀汉军渴得快瘫痪了,张郃发动攻击,就如摧枯拉朽般将蜀汉军击溃。

诸葛亮面对前方败势,下令迁徙西县(今甘肃天水西南)居民一千余家,返回汉中,下令逮捕马谡,处斩。诸葛亮自己则上书请罪,自请贬降三等,官衔右将军,但仍摄理丞相职务。

后人论诸葛亮这一次北伐,多有批评他不采纳魏延的"出子午谷直捣长安"战略。可是我们揣摩诸葛亮的战略思考,主要目的应是在西方牵制曹魏兵力,因为蜀汉即使打进长安,也没有能力守住关中。因此诸葛亮一开始就没有要攻取关中,当然不会采纳奇袭战略。

再看街亭败战以后,王平(《三国演义》中马谡的副将)所部一千人"擂鼓固守营垒",使得张郃"疑有伏兵,不敢追击",王平乃能集结散兵游勇,缓缓撤退。王平是一个大老粗,认识的字不到十个,相信他的动作完全是奉行诸葛亮的指示,也就是说,诸葛亮从头就有"万一打败仗"的预备方案。同样的,扮演"疑兵"的赵云在撤退时亲自断后,辎重粮秣没有任何损失,且部队秩序井然,虽败退而几乎没有损失,亦可见诸葛亮先前就有所嘱咐。

曹魏经此一战,开始在关中布置足够兵力。而诸葛亮既然已经达成战略目标(牵制西方),乃回到汉中,命军队屯田生产，西县迁移回汉中的一千家平民也加入生产行列，储蓄粮秣，与曹魏于关中所置重兵对峙。

八个月后，孙权在东方战场击败曹魏大将曹休，诸葛亮决定趁此机会再对曹魏施压，于是上《后出师表》，率军出散关（遗址在今陕西大散岭上），包围陈仓。而曹魏大司马曹真早就预料"诸葛亮下次一定从陈仓道来"，因此陈仓城守将郝昭虽然只有一千余守军，可是粮械充足，守备牢固。

诸葛亮这次估计错误，他认为曹魏东方救兵不可能及时赶到，可是他低估了陈仓城的守备力量，猛攻二十余日，郝昭顽强抵抗。洛阳那边，魏明帝曹叡问即将出发的张郃："将军抵达前，陈仓会不会陷落？"张郃说："等我到达时，诸葛亮已经撤退。"

果然，蜀汉军队粮秣告罄，诸葛亮回军。魏将王双追击，诸葛亮设计斩王双——又一次"退而不败"。

隔年，诸葛亮命部将陈式攻击武都、阴平，这两个郡都是鸟不生蛋的偏僻地方，却是魏国可以攻击蜀汉的要道（后来邓艾攻蜀就是走阴平道），双方没有大规模接触，魏军退却。再隔年，魏国大司马曹真对蜀汉一再骚扰西方非常头痛，主张出动大军予以"解决"，但司空陈群谏阻，魏明帝把陈群的奏章给曹真看，曹真不予理会，随即领军出发。诸葛亮获报，将重兵集结在城固（今陕西城固县）、赤坂（今陕西洋县东），严阵以待。就在此时，大雨不停，连降三十余日，栈道完全断绝，曹叡下诏曹真撤退。

又隔年,诸葛亮发动第四次北伐,包围祁山。鉴于之前"粮尽而返"的经验,诸葛亮发明了"木牛",用来转运粮秣,它可以在栈道上推行,节省后勤人力。这时,曹真病重(不久病死),魏明帝征召司马懿为大将军,进驻长安。

司马懿命副将领四千人驻守上邽(今甘肃天水境内),其他所有军队驰援祁山。诸葛亮早算准司马懿的动作,只留一部分军队继续围攻祁山,自己率主力攻打上邽,击破二军,趁势割取刚好成熟的小麦。

这时司马懿闻报回军,两军相遇,司马懿据险扎营,拒不出战。诸葛亮向后撤退,司马懿只尾随、不攻击。魏军诸将群情激愤(都是曹真的部将,认为司马懿胆怯),司马懿只好下令出击,命张郃出奇兵攻击蜀汉军后方,自己跟诸葛亮正面对峙,以为牵制。但是诸葛亮最会打"退却战",将魏军杀得大败。然后诸葛亮再后退,司马懿命张郃追击,遭遇伏兵,箭石俱发,张郃被击中,伤重死亡。

诸葛亮退回汉中,休养生息,三年后,又动员十万大军北伐,这次走的是褒斜道,出斜谷口在渭水南岸扎营,并且派出使节,请东吴同时出兵。

司马懿率军渡过渭水,两军隔着渭水扎营布阵。郭淮向司马懿提出:"诸葛亮一定会夺取北原(五丈原北边区块),然后切断往陇右(甘肃南部靠近关中)的交通线。"司马懿遂命郭淮进屯北原。

正在筑垒,蜀汉军队已经涌到,郭淮强力迎战,挡住蜀汉军攻势。诸葛亮见无法立即取得优势，下令军队沿渭水开垦荒田，然后交给当地居民耕种，收成与农民共享，以充实军粮。

双方僵持一百余日，诸葛亮不断挑战，司马懿坚守不出。诸葛亮派人送女性的首饰衣服给司马懿，司马懿上书要求出战，魏明帝派使节以皇帝符节前往大营，禁止司马懿出战。（其实那是一场双簧，魏明帝跟司马懿合演给诸将看的。）

却在此时，诸葛亮病倒了，蜀汉皇帝刘禅（阿斗）派使节到前线，问他"谁能接班（丞相）?"诸葛亮属意的是蒋琬，然后是费祎。不久，诸葛亮就在五丈原军营逝世。长史杨仪率军撤退，老百姓去向司马懿报告，司马懿追击，却被姜维打了一记突击反扑。司马懿急行收兵，不敢进逼，蜀汉军于是安全退入褒斜谷，杨仪这才为诸葛亮发丧。当地因此流传一句谚语"死诸葛走（击退）生仲达（司马懿字仲达）"。这话传到司马懿耳中，他笑笑说："我能预料他活着的事，不能预料他死后的事。"当然这是"阿Q式的说法"，大有"我斗不过你，你活不过我"的意味。一路追到赤岸（褒斜谷南口），追不上蜀汉军，司马懿方才回军，经过五丈原诸葛亮留下的残营废垒，连连叹息："（诸葛亮）真是天下奇才啊！"

 孙子兵法印证

古今中外的名将很多,但几乎都是以打胜仗著称,只有诸葛亮是以处理败退而成为名将。更明确一些说,诸葛亮有很多次在败退过程中,却能取得重大胜利。因为有这个本事,所以诸葛亮即使打败仗,总是能保全军队战力。

所有兵法都求胜,但《孙子兵法》有两个最重要的观念:一是"先胜",二是"全胜"。后者的意思是"胜而能全",最能显示这个观念的一段是:

> 《谋攻第三》:凡用兵之法,全国为上,破国次之;全军为上,破军次之;全旅为上,破旅次之;全卒为上,破卒次之;全伍为上,破伍次之。是故百战百胜,非善之善者也;不战而屈人之兵,善之善者也。①

孙子的意思是,胜利无可取代,但若为了胜利必须"破国""破军""破旅",甚或哪怕"破卒",都只能算"次之"。将领必须努力保全军队,即使是一伍也要保全。从先胜、全胜出发,孙子推崇"不战"超

---

① 一"军"一万二千五百人,一"旅"五百人,一"卒"一百人,一"伍"五人。

过"善战"。

《谋攻第三》：必以全争于天下，故兵不顿而利可全。

七擒七纵孟获，赢得南蛮之心，让南中成为北伐的资源而非后顾之忧，诸葛亮不愧为"仁将"。

事实上，诸葛亮确实具备了《始计第一》提出的将领五德"智信仁勇严"：计谋无穷又能造木牛流马是"智"；蜀中军人驻防汉中绝不耽误移防日期是"信"；七擒七纵孟获是"仁"；亲自领军北伐是"勇"；挥泪斩马谡是"严"。

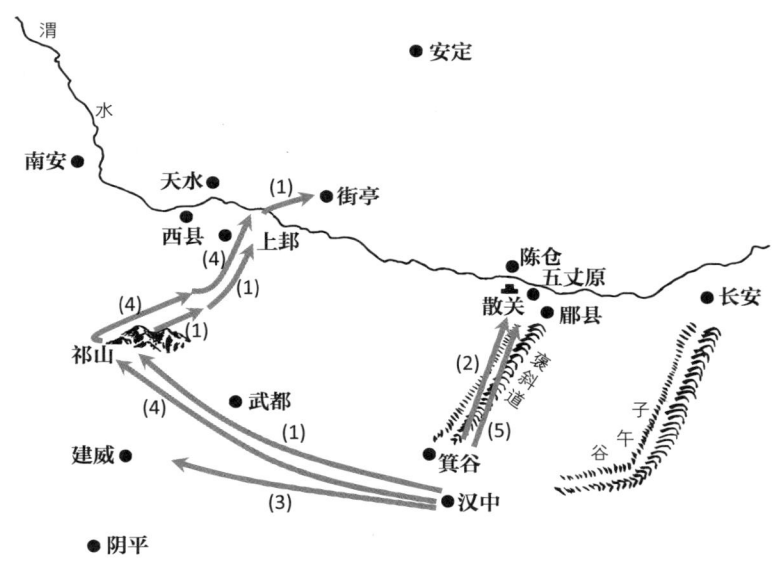

△诸葛亮北伐路线图

（一一）淝水之战

风声鹤唳，草木皆兵

三国鼎立局面在司马懿的孙子司马炎手中结束：魏灭蜀、晋篡魏、晋灭吴。可是晋朝的统一局面，却是整个大分裂时代（广义的说，从东汉末年军阀割据到南北朝结束）中间的一段"异数"，只因为魏、蜀、吴的政治都太烂了，"比烂"的结果，晋朝胜出。

可是司马家的后代也很烂，西晋的奢侈、贪墨风气史上最严重，又发生了"八王之乱"，给当时大批北方的草原民族以可乘之机，迫使东晋在南方建立流亡政权，而北方则是

"十六国"。

南方的东晋在桓温当权时期,国力还不错,曾经三次北伐,一度攻进关中,最后却都无功而返。北方经过数十年部族战争,被氐族苻坚的前秦以武力统一,然后就发生了淝水之战。

前秦的崛起,一个重要因素是苻坚重用汉人王猛,励精图治,富国强兵。王猛曾经数次劝苻坚不要南征,可是王猛死后,苻坚就一心想要挥军南下,完成统一大业。他记取了曹操在赤壁之战挫败的前车之鉴,战略是先攻荆州,掌握长江中游之后,不跟东晋打水战,大军则由东方青徐(今山东、江苏部分地区)南下。

可是进攻荆州的军事行动并没能彻底完成:苻坚派长子苻丕率步骑兵七万人大举进攻襄阳,同时命另外三路军队共十万人,从不同地方前往襄阳会合,再发动总攻。

东晋梁州刺史(州治在襄阳)朱序起初有些轻敌,因为前秦军队没有水师船只,可是前秦的五千骑兵先锋却突然渡过沔水,直逼襄阳城下。朱序猝不及防,外城被攻陷,只能紧守内城。但是,江边的船只一百余艘,这下全数落入前秦军掌握,前秦借此将沔水北岸的大军全数运送到南岸。

苻丕指挥大军对襄阳进行总攻击,东晋在长江中游的总司令桓冲(桓温之弟,都督七州诸军事)拥兵七万人,畏惧前秦兵力强大,不敢援救,于是苻丕下令急攻襄阳。朱序动员全城百姓死守襄阳,朱序的母亲韩氏,带领婢女及城内妇女一百余人,在内城加筑一道辅墙,后来西北城脚崩塌,晋军就据辅墙而守,襄阳人称那段城墙为"夫人城"。总之,苻丕攻了七个多月,襄阳城仍固若金汤。

前秦的朝廷内,有御史弹劾苻丕,认为他率领十余万大军,围攻一个小城,每天要支出军费一万两黄金,久而无功,应将他召回长安治罪。苻坚派黄门侍郎持节去襄阳面折苻丕,并交付一把剑,说:"明年春天(当时是十二月),如果不能传回捷报,你就用这把剑自杀吧,不必厚着脸皮跟我相见。"苻丕接到诏书和宝剑,大为惶恐(尤其因为他的庶长子身份,政治风险超高),下令各军更加猛烈攻城。

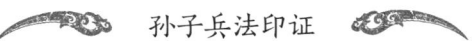

孙子兵法印证

《作战第二》:其用战也胜,久则钝兵挫锐,攻城则力屈,……力屈、财殚,中原内虚于家。百姓之费,十去其七;公家之费,……十去其六。

即使战胜敌人,但若拖太久,则兵器也钝了、锐气也挫了。尤其是攻城,士伤马疲力量耗尽。后方财力耗费更是严重问题,为了支持对外战争,人民积蓄耗费七成,家家贫困;官家积蓄耗费六成,财政困难。

襄阳城内,朱序知道等待援军已经无望,只能偶尔出其不意地开城突击,每次都颇有斩获,迫使前秦军稍向后撤,而城内则稍微得到休息。但是如此情况无法持久,终于襄阳城出现内奸,督护李伯护命儿子出城与苻丕接洽作为内应,于是襄阳城陷落,朱序被生擒,押送前秦都城长安。

苻坚认为朱序是个坚贞之士,非但不杀他,还任命他为度支尚书;认为李伯护是个卖国奸邪,处斩!

襄阳攻下了,可是桓玄大军仍屯驻江陵与长江以南。苻坚一心想避免"赤壁之战"重演,于是下令攻下襄阳的前秦军,分两路往东移动,攻击淮水以南地区。前秦六万大军包围三阿,距离广陵(三阿、广陵都在今江苏扬州市附近)不到百里,东晋都城建康(今江苏南京市)为之震动,沿长江加强戒备。谢石(宰相谢安的弟弟)率江防舰队进入滁河(在安徽),谢玄(谢安的侄子)从广陵出发援救三阿,连续四阵击败前秦军。

谢玄打胜仗的主力,是他在江南招募的"北府兵",这是中国军事史上首度出现的佣兵军团,事实上替东晋政府舒缓了大量涌至南方的流民问题,也解决了国防兵源问题,一举两得。流民没有土地可耕种,无论如何都会构成社会问题;本地人民不愿当兵打仗,却愿意缴税雇流民当兵。

长安城内,苻坚为淮南的败战震怒,几位将领都被处死。苻坚无法理解为什么会兵败,因为在此之前,北兵对上南兵从来没败过,他根本不晓得有"北府兵"的存在。

孙子兵法印证

《谋攻第三》:知彼知己者,百战不殆;不知彼而知己,一胜一负;不知彼不知己,每战必败。

很多人以为《孙子兵法》说的是:"知己知彼,百战百胜。"但事实上《孙子兵法》里面并不推崇"百战百胜",而肯定"百战不殆"。

至于苻坚,一心以为百万大军足以投鞭断流,统一如探囊取物。但是他既不知彼(不知道东晋有一支劲旅"北府兵"),也不知己(盟友一开始就保留实力,不想作战)。后来他兵败淝水,鲜卑族慕容垂全军完整,羌族姚苌甚至兵未出关中,就是明证。

苻坚决定亲自南征,但必须先安定北方,避免匈奴、鲜卑、羌部族作乱。他的做法跟诸葛亮恰恰相反,诸葛亮是收南方部族的心,苻坚则是派出氐族亲贵,分驻各险要地方镇压,学的是周公的封建制度,但事实上反而分散了氐族的力量。(匈奴与鲜卑是大族,氐、羌、羯规模较小。)

苻坚自认为军力够了(可动员各部族九十七万大军),于是召集群僚共商南征大计,当场意见不一,不能获致共识。散会后,苻坚单独把弟弟苻融留下商议,可是苻融列举三大理由反对,甚至流着眼泪进谏:"鲜卑、羌、羯都是仇人,却满布京师,陛下将大军带走,太子只有数万老弱残兵留守,就怕变生肘腋啊!"太子苻宏也不赞成苻坚御驾亲征,可是苻坚不听他们的,全副精神都放在南征的军事计划上面,精神亢奋得半夜都会惊醒。

终于,他正式下达命令全面动员,每十个成年男丁抽一个当兵,家世清白、子弟勇敢而有才能者,都派为羽林郎(初级禁卫军官),一下子,家世清白子弟自带战马报到者三万余人。苻坚派苻融率二十五万人为前锋,自己率步兵六十余万、骑兵二十七万为主力,旌旗蔽天,战鼓动地,前后绵延千里——主帅苻坚到了项城(今河南项城市),后面凉州部队才到咸阳,各路大军相距万里。(事实上,百万大军从来不曾完全集结。)

东晋孝武帝司马曜诏命谢石为征讨大都督,谢玄为前锋都督,谢琰(谢安之子)为辅国将军(全都是谢家班),统领八万人抵抗。

谢玄出师前向谢安请示机宜,谢安只说:"我会另行下达。"但实际未做任何指示。

之后谢玄叫部将张玄再去请示,谢安干脆驱车前往郊外别墅,跟亲友游山玩水,深夜方回。

远在长江中游的桓冲请求派精锐军队三千人入卫京师(桓温掌控十万大军),谢安婉谢。桓冲对幕僚说:"难道我们要'左衽'(胡人襟开左边)了吗?"总之,东晋朝野一片惊慌,宰相谢安一派安详,但也只有谢家班将领前往前线抗敌。

前秦的前锋部队攻下寿阳（今安徽寿县），那是淮南的重镇，东晋前线将领胡彬只好退守硖石（今安徽凤台县西南）。苻融大军包围硖石，派将领梁成沿洛涧布防，阻挡东晋援军，谢石、谢玄挺进到洛涧东方二十五里处，不能再前进。

胡彬粮秣已尽，派人走小路向谢石报告："贼势强大，我军粮尽，此生恐难再相见。"可是密探被前秦捕获，押送给苻融。

苻融派骑兵飞报苻坚："敌人兵力不多，很容易对付，只怕他们逃跑，我们应立即发动总攻。"

苻坚大喜过望，将大军留在项城（不等各地军队集结），自己只带八百骑兵，日夜不停赶到寿阳跟苻融会合，然后派朱序（原东晋襄阳守将，现在是前秦度支尚书）前往游说谢石，劝他早日归降。

朱序私下对谢石说："等到前秦百万大军集结完成，肯定毫无胜算，应该在他们集结完成之前发动攻击。如果打败前锋，可以挫败他的锐气，进而取胜。"谢石不敢采取正面对抗战术，谢琰则劝谢石采取朱序的建议。

东晋军前锋都督谢玄派北府军将领刘牢之领五千人试探敌方洛涧防线，刘牢之在距离洛涧十里处跟前秦军梁成接触。刘牢之奋勇前进，强行渡过洛涧，登岸后纵兵攻击，大破前秦军，斩梁成，崩溃的前秦军甚至被逼得跳进淮水，战死和溺死达到一万五千人。于是谢石等军水陆并进，隔淝水跟苻坚对阵。

苻坚跟苻融登上寿阳城楼眺望敌情，看到晋军旗帜鲜明，军容壮肃，军士个个身材魁梧（流民为数众多，可以精挑细拣）；又眺望八公山，误以为山上草木都是晋军（成语"草木皆兵"典故），发现之前严重低估东晋兵力，信心开始动摇。

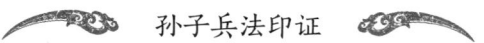 孙子兵法印证

《行军第九》：众树动者，来也；众草多障者，疑也；鸟起者，伏也；兽骇者，覆也；尘高而锐者，车来也；卑而广者，徒来也。

《行军篇》用了很大的篇幅，细述如何"相敌"，以上引述文字只是一小部分。重点在于，一个好的将领一定要能从细微征候里，研判敌人的状况，苻坚与苻融显然不合格。

淝水由南向北注入淮水，两军分别在东西两岸，互不能前进。谢玄派使节晋见苻融，说："如果贵国大军稍稍向后撤退，让我军渡过淝水，一决胜负，岂不快哉！"

前秦将领都反对后撤，苻坚却认为："我们不妨稍稍后撤，等他们渡过一半时，以铁骑冲刺，没有不大胜之理。"

苻融也同意这个战术，于是指挥大军稍稍退却。谁晓得，大军一向后移动，便一发不可遏止（没有能力整顿军队攻击

半渡的晋军），谢玄、谢琰等军渡过淝水后，猛烈冲锋，苻融骑马奔驰，发号施令，才稍稍控制了情势，胯下坐骑却突然仆倒，苻融被晋军斩杀。

主帅既死，前秦大军霎时崩溃，士卒四散奔逃，谢玄等乘胜追击。前秦大军因互相践踏而死的尸体，满山遍野，河川为之阻塞；逃亡中的将士，听到风声鹤唳，都以为是晋军追兵杀到，死亡估计十之七八（苻融统军三十万人）。

这一战有个"幕后"英雄：朱序。他在前秦军稍稍退却时，在阵后大喊："秦军败了！"大军于是开始狂奔。等到战役结束，朱序跟几位之前被俘的晋军将领回归东晋。

苻坚本人被流箭射中，投奔鲜卑族慕容垂的军队，收拾残兵败将，回到洛阳时只剩十万人，但文武百官、器具仪仗都在，稍稍恢复天王的架势（苻坚称"天王"不称"帝"）。但是他的帝国就此分裂，之前臣服于他武力之下的各个部族国家，都先后复国。

流亡江南的东晋政权因此战役而得到喘息，当然也无力北伐。北方则再度陷入五胡诸国相互攻伐的局面，不可能南征。南北朝分治格局就此确立。

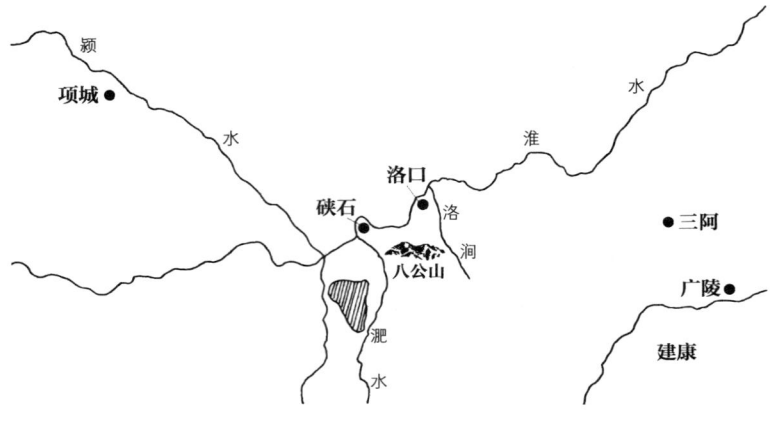

△ 淝水之战

⚀⚁ 虎牢之战

围点打援，以逸待劳

　　苻坚之后统一北方的是北魏，孝文帝拓跋宏进行了一次大规模的汉化运动，但是汉化并未能彻底，反而伏下了动乱因子。最终北魏分裂为东魏与西魏，又分别被篡，成为北齐、北周，北周又灭了北齐。

　　北周的创业祖是宇文泰，他以关中为根据地，设计了一套融合胡人与汉人的政策，能够撷取双方的长处：保留胡人的勇武性格与部族兵制，同时提倡周礼复古，并提升关中汉人世族的地位。几十年间，建立了一个"关陇集团"（胡汉世族通婚)。这个关陇集团发挥了文化与军事力量,北周灭了北齐,统一北方。之后集团领袖杨坚篡北周,建立隋朝,隋又灭了南方的陈国,统一天下。

隋文帝杨坚在位时,史称"开皇之治",民生乐利,国家富强。可是他的儿子隋炀帝杨广却好大喜功,三次亲征高句丽搞垮了经济生产,之后他又耽于逸乐,隋文帝时为了运输粮食而开凿的大运河,隋炀帝用它来"南巡",动员数万民工挽船,更征调沿线五百里内的补给勤务,进一步毁灭民生经济。

于是人民造反了,最严重的地区是今天河北、山东一带,东征大军与南巡御驾行经的地区,乱民大股十余万人,小股数万人,人数之多,足以证明开皇之治的社会富庶,但亦足以证明隋炀帝如何丧失人心。

然而隋炀帝只求眼前逸乐,毫无悔意,他甚至说出:"天下的人口不能多,多了就会造反。"完全以杀戮为镇压叛乱的手段。

结果可想而知:叛乱更加扩大。到了后期,没有一州没有变民,而隋炀帝干脆滞留江都(今江苏扬州市),不回洛阳。

北方人民起义,各集团相互兼并,主要分为两大势力:一个是夏王窦建德,势力范围在黄河以北;一个是魏公李密,以瓦岗(今河南滑县东南)为基地,势力范围在黄河以南。李密率先开仓赈济饥民,一下子号召了数十万人,声势最大。

不属于"人民"的起义者,首推唐公李渊,也就是后来唐朝的开国皇帝。李渊的祖父李虎跟宇文泰同为西魏"八柱国"之一,北周篡西魏,李虎被追赠"唐公",显然他跟宇文泰同党。后来杨坚篡北周,杨坚的独孤皇后是李渊的姨妈,当然唐公的爵位依旧,并仍受到重用。简单说,他们都是"关陇集团"的核心成员——杨坚、李虎都是汉人,可是独孤皇后、李渊的窦皇后,乃至唐太宗李世民的长孙皇后都是鲜卑人(汉姓),而杨坚、李虎也都有胡姓。

隋炀帝南巡时,李渊是晋阳宫(在今山西太原)留守,在儿子李世民、晋阳令刘文静、晋阳宫副监裴寂等人设计之下起事,进兵攻占长安,立代王杨侑(炀帝孙)为帝,尊炀帝为太上皇,并移檄各郡县。关中成为唐的根据地,随后李世民领军平定巴蜀。

李渊打下长安后,隋炀帝更无心北返,下令修建丹阳宫(丹阳即今江苏南京市),摆明要徙都丹阳。但是,他的禁卫队"骁果"大部分是关中人,都想还乡,于是发生兵变,宇文化及率兵入宫,将隋炀帝在寝宫缢死,立秦王杨浩(炀帝侄儿)为帝,其他宗室、外戚都被杀光。宇文化及自称大丞相,率十余万军队北返。

消息传到长安,傀儡小皇帝杨侑于是"禅位"给李渊,改国号为"唐"。同时,东都留守政府奉越王杨侗(炀帝孙)为帝,实际掌权者是王世充。

简单描述,当时的北方局面是四强并立:河北的夏王窦建德、关中的唐帝李渊、河南的魏公（瓦岗军）李密，以及洛阳留守政府（王世充），而冲击这个平衡状态的是宇文化及带领的十余万隋朝正规军。

宇文化及先夺取了李密的地盘黎阳（今河南北部），但不久就被李密部将徐世勣击败。败后率领残部四处流窜，穷途末路的他，鸩杀傀儡皇帝杨浩，自己称帝（国号许），但旋即又被唐兵痛击，最后被窦建德消灭。

另一方面，王世充废越王杨侗，自立为帝（国号郑），并击败李密，李密投奔李渊。于是北方乃成为夏王窦建德、郑帝王世充与唐帝李渊三方争霸的局面（其他一些区域性割据势力无关大局），直到发生虎牢之战。

唐国在消灭西、北两方的割据势力之后，大举东出函谷关进攻洛阳，领军的是李渊的次子李世民。郑帝王世充派出儿子、兄弟共八人，分别驻守各处要冲，自己率领主力大军三万人镇守洛阳。

唐军先锋罗士信攻打洛阳城西的慈涧，王世充亲率大军驰援，刚好遇上李世民率轻装骑兵到前线侦察，李世民左冲右突，箭无虚发，才脱身回到大营，浑身尘土，连守军都认不出来是他。隔天，李世民亲领五万主力军向慈涧进发，王世充撤回洛阳城，唐军于是包围洛阳。李世民派出军队，切断洛阳所有粮食补给线，河南地区州县纷纷投降唐军，洛阳遂成为孤岛。

王世充派人向夏王窦建德求援，在此之前，由于王世充篡位，窦建德跟他绝交。窦建德虽然自草莽起家，却仍为隋炀帝举丧，击斩宇文化及之后，得到天子印信，也并未称帝，观念相当"士大夫"。窦建德接到王世充的求救，经过一番考虑，认为唐军若灭了郑国，夏国必定"唇亡齿寒"，所以答应王世充出兵，同时派出使节前往唐军大营，请唐军解除洛阳包围。李世民将使节团扣留，不回应。

李世民原本以为洛阳指日可下，但是洛阳城意外的顽强：郑军拥有长射程巨砲，可以发射五十斤巨石，射程二百步；又有可以连续发射八箭的强弩（它的弓像车轮一样），射程五百步；加上王世充严密监控叛逃与灵活调度守城，洛阳城十几天不能攻克。有将领提出撤退的建议，李世民不准，下令："不攻下洛阳，永不回军，胆敢提议班师者，斩！"军中一片噤声。

同时，李渊也下密诏要李世民解围撤军，李世民上疏，保证一定可以攻克洛阳。于是继续加强施压，包括在洛阳城外挖掘壕沟，兴筑长墙堡垒，切断城中一切与外界往来。洛阳城里缺粮食，米、盐价格飙涨，古董珍宝价格低贱如尘土；人口原本有三万家，只剩不到三千家，可是城防依然坚固。

最后关头，夏王窦建德出兵了，水陆两路并进，用船只载送粮食，十余万大军号称三十万，窦建德本人进驻成皋（今河南荥阳市），致函李世民，要他退回潼关。

夏军来势汹汹，唐军将领建议"避其锋锐"，认为唐军久攻洛阳不下，身心俱疲，夏军乘胜而来（窦建德刚刚收编河北两股势力),若受到内外夹击,情势不妙;但是另一派将领认为,王世充已经穷途末路,窦建德正好送上门来,只要击败窦建德,王世充一定投降,反之若给他休息整补的时间,王世充一旦重振声威,所有努力都白费了。

李世民最后做出决定:围点打援。留屈突通当齐王李元吉(李渊四子)的助手,继续围城,而自己率骁果(李世民亲自训练、带领的精锐骑兵,一律黑衣黑甲,作战不离左右)三千五百骑,进入武牢(即虎牢关,唐朝为避李渊祖父李虎之讳而称武牢,本文以下仍称"虎牢")。

 孙子兵法印证

《虚实第六》:凡先处战地而待敌者佚,后处战地而趋战者劳。……故敌佚能劳之,饱能饥之,安能动之。……故能为敌之司命。

李世民充分掌握《孙子兵法》这个原则,抢先进入形势险要的虎牢关。这里自古以来就是兵家必争之地,包括刘邦跟项羽对峙,以及东汉末年诸侯联军讨伐董卓(《三国演义》小说里的"三英战吕布")。

接下去的发展,李世民处处主动,窦建德处处被摆弄,完全不由自主。

次日立即展开行动。李世民亲率五百骑,向东出虎牢关二十余里,沿途分别留下徐世勣(徐懋功)、程知节(程咬金)、秦叔宝在道路两边设埋伏,最后只剩下四个人跟随,其中一个是尉迟敬德(尉迟恭)。

距离夏军大营三里许,一行被夏军斥候发现,李世民高喊:"我是秦王李世民。"同时拉弓射箭,射死一名将领。

夏军顿时骚动,五六千名骑兵冲出。李世民跟尉迟敬德徐徐后退,弓箭每发必中,夏军因此不敢逼得太近,但是也紧咬不放。最后,几个人将追兵引到伏兵阵地,徐世勣等发动突击,杀三百余人。

然后李世民写信给窦建德:"王世充是个奸诈背信小人,早晚灭亡。他用花言巧语引诱你来此,你掌握庞大军队却看人脸色,实非上策。今天与你的斥候部队相遇,已经把他们摧毁,希望你做出明智的抉择。"——李世民先前扣留窦建德的使节,此番当然不是好意劝和,而是要激怒窦建德出战。

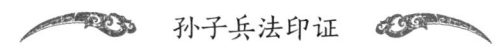 孙子兵法印证

《虚实第六》:能使敌人自至者,利之也;能使敌人不得至者,害之也。

李世民亲自诱敌,这对夏军来说真是最大的"利":秦王就在眼前,而且随从只有四个人、四

匹马!

等到夏军追上来,李世民的神射让他们不敢争先(害之),却又不舍得如此"大利",于是一步步走进了埋伏。

窦建德对虎牢关发动攻击,一个多月无法取胜,后勤补给线又不断被唐军骚扰、抄掠。他的智囊凌敬提出建议:率领全部兵力,渡黄河北上,夺取河阳,然后大张旗鼓穿过太行山进入上党,占领汾、晋,进攻蒲津(简单说,就是脱离今天的河南战场,占领山西北部,然后进攻关中),洛阳之围自然解除。

窦建德认为有理,可是王世充告急的使节相继不断,日夜哭泣,甚至贿赂夏军将领,主张攻破虎牢,解洛阳之围。王世充是有脑筋的,他预料到窦建德阵营会有人提出如此战略,因为那实在是釜底抽薪的上策:窦建德若能攻取关中,李世民的河南唐军将如失根漂流木,但王世充却可能城破身亡。最终,窦建德没有采纳迂回进攻关中的战略。

唐军的间谍回报:"窦建德已经接获谍报,说唐军的战马草料已经吃完,只得将马匹送到黄河北岸放牧,他将趁此(骑兵无马)机会进攻。"

于是李世民决定将计就计,亲自带兵北渡黄河侦察,留下一千余匹战马在河岸吃草,作为诱饵,傍晚再自己回到虎牢。

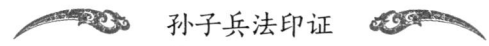 孙子兵法印证

《用间第十三》：故用间有五：有因间，有内间，有反间，有死间，有生间。……死间者，为诳事于外，令吾闻知之而传于敌间也；生间者，反报也。

将假情报透过我方间谍之口，传于敌方间谍，令其深信不疑，我方间谍很可能就此失去生命，所以称为"死间"。

至于"唐军战马草料将尽"这个情报，是如何传到夏军，且让窦建德深信不疑，史书上并无记载，总之效果百分之百。

而唐军的"生间"能将"窦建德已经吞下诱饵"的情报送回唐营，跟送出假情报同等重要。

隔天，窦建德果然大军尽出，向虎牢前进，连营二十里，战鼓声震天，唐军将领为之心生畏惧。

李世民登高眺望，说："敌军在山东（崤山以东）逞威，没遇到过强敌，如今正穿越险要，却大声喧哗，显示他们毫无纪律，心存轻敌。我们且按兵不动，他们列阵太久，士卒饥饿，就会向后撤退。那时候，我们发动攻击，没有不胜之理。我跟各位打赌，过了中午就一定将他们击溃。"

夏军完全不把唐军放在眼里，大军集结列阵后，派人邀

战:"请选精锐勇士数百人,来一场游戏。"李世民派出二百人长矛军,双方互有胜负,各自回军。然后李世民趁此时间,召回河北放牧的战马。

夏军列阵,从辰时到午时(七时到十三时),士卒饥饿疲倦交加,又相互争夺饮水,集体情绪不稳,有撤退的迹象。李世民命将领宇文士及率三百轻骑经过夏军阵地西端,向南狂奔,并交代:"敌军如果不动,你就马上回营。如果他们有所反应,就发动攻击。"

宇文士及的试探动作果然引起夏军一番骚动。

李世民大喜,说:"是时候了!"率轻骑兵先发,主力在后续进,渡过汜水,直捣夏军阵营。

夏军文武官员正在朝会,唐军突然出现,一个个惊惶奔走。窦建德要下令骑兵出击,却被文武官员阻住去路。此时唐军已经杀进营区,几员猛将全都杀穿夏军阵地,再掉头杀回来。经过几番反复冲杀,夏军崩溃逃窜,唐军追击三十里,杀三千余人,窦建德坠马被生擒。

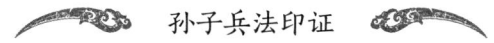 孙子兵法印证

《兵势第五》:是故善战者,其势险,其节短。势如彍弩,节如发机。

这一段是说,用势要险峻,犹如高山上的水冲下

来，能让石块漂起；而且发动攻击的距离要短，才能迅速得让敌人无法反应。另一个比喻是：蓄势如拉开弩机，发动攻击如扣下扳机。

李世民发现夏军散漫后，立即发动攻击，就是"其势险"；诸将来回冲杀，撕裂夏军阵势，就是"其节短"。

夏军崩溃，洛阳城守将绝望，献城投降。王世充换穿白衣，率领太子及百官二千余人到唐军营门投降。

这一战，唐国一举消灭了北方两大敌人，剩下长江流域几股割据势力，后来都没有再劳动李世民出马收拾。

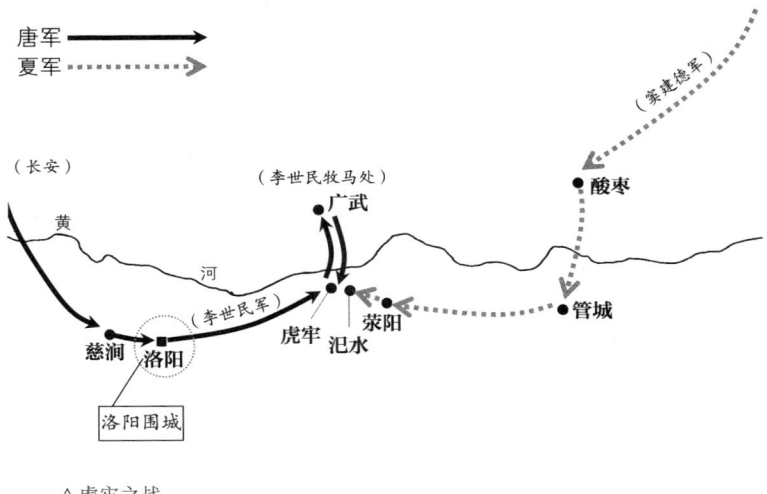

△虎牢之战

一三 李靖

迅雷不及掩耳

论唐代名将,几乎所有人都首推李靖。

李靖在民间的知名度很高,得力于一部唐人传奇《虬髯客传》。在那部小说中,李靖的妻子红拂女比他更讨喜,但那些都是杜撰情节。现实生命中,李靖虽然少年时即露锋芒,却是中年以后才开始"走运"。

李靖的祖父和父亲都是北朝名将,母亲是隋朝名将韩擒虎的姐姐。韩擒虎十分欣赏这个外甥,每次与李靖谈兵论道,李靖都能有常人不及的独到见解,韩擒虎每每称善,并曾抚着李靖的背叹息说："能与我一起谈论孙吴兵法的，只有这个年轻人了！"

李靖受到家风熏染，少年时就曾说："大丈夫如果身逢明主，遭遇良时，就应该建立功业，怎能只逡巡于章句之间呢？"这番话颇得班超神韵，而李靖事实上也在后来投笔从戎。

可是他的运气却比班超差很多。在他十九岁之前，隋朝已经平定南方的陈国（韩擒虎就是平陈将领之一），进入开皇之治的和平繁荣年代，李靖虽有满腹韬略，却英雄无用武之地。

直到隋炀帝搞到变民四起，天下已经大乱，李靖还窝在马邑郡（今山西朔州市）当个郡丞（郡政府的第三把手）。马邑是边塞要地，当时北方边境的总指挥是李渊。李渊因为跟突厥作战不利，怕被隋炀帝治罪，因此接受李世民的怂恿，起兵造反。

李靖在李渊还在招兵买马时，就看出他的企图，决定向隋炀帝检举李渊造反。他把自己伪装成一个囚徒，准备经关中转往江都，可是当他到了长安时，关中已经大乱，因道路阻塞而未能成行。

不久，李渊于太原起兵，并迅速攻进了长安，李靖当时帮助长安守将抵抗唐军，城破后被捕，判决斩首。他在临刑时，对李渊大声疾呼："阁下号称是正义之师，是要为天下除暴乱而起兵，难道不想完成大事？为何反以私人恩怨斩杀壮士？"这份胆识让李渊很欣赏，下令释放，随后就被李世民延揽进入自己的幕府。

李世民领军攻洛阳（虎牢之战）的同时，盘踞长江中游的萧铣（称帝，国号梁）却配合王世充出兵巴蜀，李渊就从李世民部下抽调李靖去帮赵郡王李孝恭（李渊的堂侄）讨伐萧铣。

当时西南民族造反，叛军攻击夔州（今重庆市境内），李孝恭率唐军出战失利。李靖率八百人袭击叛军营垒，大破蛮兵，后又在险要处布下伏兵，一战而杀死叛军首领，俘获五千多人。

当捷报传到京师时，李渊高兴地对公卿说："朕听说，用有功劳的人，不如用有过失的人，李靖果然立了大功。"即刻颁下玺书，慰劳李靖，并亲笔写敕（皇帝私函称"敕"）给李靖："既往不咎，以前的事我现在都忘了。"

李靖从这个时候开始"走运"，他评估敌我形势之后，向李渊提出"平萧铣十策"，李渊大为欣赏，诏命李孝恭为夔州总管，李靖为行军总管，并嘱咐李孝恭"三军之任，一以委靖"。

李靖给李孝恭的第一个建议：将巴蜀各部族首领的子弟召来大营，通通委派官职，说是重用，其实是人质，万一战事不利，还能征召各部族出兵。

唐军完成集结后，分成四路，进攻萧铣大本营江陵。时值秋季，长江三峡水势险恶，萧铣研判唐军不可能从水路来，而陆路必须翻山越岭,夷陵正扼来路咽喉,所以几乎不设防。唐军这边,诸将也主张等待水势平缓了再进兵。

李靖说:"兵贵神速,如今大军已经集结完成,而萧铣还不知道,如果我们乘着水势汹涌东下,直接杀进敌方心脏,那将是所谓迅雷不及掩耳。萧铣仓促之间,难以召集军队,必定无法抵抗我军,这是必胜之道,不应该失去这个机会。"

李孝恭同意李靖的意见,于是发动两千艘船舰从长江三峡顺江东下,连续拔掉萧铣两处重镇,直逼夷陵(今湖北宜昌市,三国时陆逊在此击败刘备)。镇守夷陵的是梁国勇将文士弘,李孝恭连续击败他两阵,文士弘退回夷陵不出。于是唐军绕过夷陵,兵临江陵城下,萧铣动员江陵城内壮丁抵抗。

李孝恭将发动攻击,李靖又劝谏:"敌人是乌合之众,难以持久。我们停留南岸,休养一天,他们的紧张情绪就会松懈,守城部队会分一部分回到营区,兵力一旦分散,士气就会衰弱,那时候发动进攻,胜算就高了。如果现在急攻,他们一定死战。"

可是前面的胜利来得太容易,李孝恭不接受李靖的劝告,命李靖留守,亲自领兵出战,被梁军击败,军队仓皇撤往南岸,辎重都弃置在北岸。梁军见状,顾不得追击,连船上水军都舍舟登陆,抢夺战利品,肩扛手提,兵器放置一旁。李靖见机不可失,下令所属部队出击,梁军无法收拢部队,被打得落花流水——溺死与战死者数以万计。

梁军全部退守江陵城内,码头边大量船舰被唐军俘获。

李靖建议李孝恭将梁军船只通通斩断缆绳,放入江中随波下流。诸将反对,说:"为什么交回敌人手中?"

李靖说:"我们孤军深入,如果攻城不克,梁军从四面八方增援江陵,我们将会腹背受敌。而且长江三峡来得容易,回去很难,万一陷入进退不得的窘境,要这些船只何用?如今让它们遮满江面,顺流而下,下游梁军看见,以为江陵已经沦陷,就不敢轻率前来。斥候来往少说十天半个月,够我们攻下江陵。"

果然,当初萧铣向各路兵马发出勤王诏命,可是军队多在长江以南,甚至远在岭南。这下子,长江下游的军队因此不敢西上,甚至有交州(今越南河内市)来的官员,当场就投降唐军。

终于,萧铣盼不到援军,城内粮草不继,下令开城投降。数日后,消息传到附近州县,十余万梁军解甲投降。

打完胜仗,李渊派李靖负责宣慰原梁国的岭南地区,李靖降服了九十六州,六十余万户。运用得自梁国的力量,李靖平定了盘踞丹阳的辅公祏,南方几乎完全纳入大唐版图,而且李靖几乎完全没有用到唐国的兵马。

李渊称赞李靖:"古代名将韩信、白起、卫青、霍去病,没有一个能比得上李靖!"确实,韩信当年用汉军伐魏、用魏军伐赵、再用赵军伐齐,这套本领,后来的将领只有李靖可以比拟。

长江以南平服,李靖被调去北方防守东突厥。在之前的群雄逐鹿时期，突厥曾经支持薛举、刘武周等割据势力，也曾在李世民攻洛阳时出兵牵制关中。而在李世民即位（唐太宗）第一年，突厥颉利可汗就进兵关中，一路打到长安城近郊，逼得李世民御驾亲至渭水桥跟颉利对话，双方签下和约。等到天下大定，唐太宗决定彻底解决突厥这个外患，此一重任便落在李靖肩上。

李靖当时的官职是兵部尚书，自领一军担任主攻，另外还有三路军队为助攻。李靖率三千骑兵从马邑出塞，进驻恶阳岭（在今内蒙古呼和浩特市境内），趁夜突袭定襄（呼和浩特市所辖和林格尔县），迅速攻破。

颉利可汗完全没料到这种状况，说："唐军如果不是举国动员，李靖岂敢孤军深入到此！"急忙将牙帐（中央政府）迁移，随后闻报唐军另一路在云中（今山西大同市）大破突厥军，乃确信唐军是举国而来，于是再往北移。李靖乘胜追击，一连击败颉利可汗数阵，直追到阴山（大部分在今内蒙古自治区，是河套平原的天然屏障）。

颉利可汗一直撤退到铁山（位于大漠之南，阴山之北），部队仍有数万人。他派出使节前往长安，向唐太宗表达愿意归附，自己也愿意入朝。唐太宗派鸿胪卿（掌管藩族事务）唐俭前往抚慰，同时下诏李靖率军迎接颉利可汗。

李靖跟另一路远征军在白道（今呼和浩特市东北）会师，那路军队主帅对李靖说："颉利的实力仍强，如果被他穿过瀚海，遁走漠北，就永远追不到了。如今钦差正在他那里，他们的警戒一定松懈，如果以一万精锐骑兵，携带二十天口粮，进行突袭，不用战斗就可以将颉利擒获。"

李靖听了他这番话，激动得握住他的手，说："你这是跟韩信攻齐一样的计谋啊！"（这是李靖又一次效法韩信。）

之后李靖派部将苏定方率骑兵二百人为前锋，利用大雾掩护，挺进到距离颉利可汗牙帐七里处才被发觉，李靖主力军随后赶到，突厥军溃散。颉利骑一匹千里马逃走，却被另一路唐军（早就埋伏等候）擒获，俘虏五万余人。东突厥就此灭亡。唐太宗因此被草原民族尊称"天可汗"。

李靖下一个功业是击灭吐谷（yù）浑，深入今青海、新疆沙漠地带。李靖是四路大军之一的统帅，胜利回朝，却被人诬陷谋反。虽然事后查明，诬告者处斩，李靖却为此闭门居家，减少跟外面的来往。

唐太宗要征讨高句丽，当时李靖卧病在床，太宗亲自去探病，问他对征高句丽的意见。李靖说："我现在是残年朽骨，但若陛下不嫌弃，我的病马上就好。"可是唐太宗并没有让他随行。

唐太宗征高句丽的战事不顺利，等于败回长安，再去问李靖："我动员了天下兵马，却为一个小国所困，你分析一下，是何原因？"

李靖说："这个问题请李道宗回答。"李道宗是唐太宗的堂兄弟，是唐朝开国名将，也是之前讨伐吐谷浑四路大军的统帅之一。

李道宗述说当时曾经提议由他率五千骑兵奇袭平壤，可是未获太宗采纳。唐太宗说："啊，这件事我记不得了！"李靖没有参加远征，可是他非常了解李道宗的能耐，他猜测是李道宗提出了战术却未被采纳，果然证实。

当初远征吐谷浑的另一路统帅是侯君集，唐太宗相当器重他，曾命李靖传授侯君集兵法。但后来侯君集却对唐太宗说："李靖要谋反。陛下命他传授兵法，他每在精微之处都糊弄过去。"

太宗召李靖来问，李靖说："是侯君集要造反，如今海内安定，没有内乱忧虑。我教他的兵法，已经足以安制四夷，他却要学更多，岂不是想要造反？"之后侯君集果然与太子李承乾一同谋反。

李靖受封为卫国公，世传《唐太宗李卫公问对》，列入"武经七书"之一。

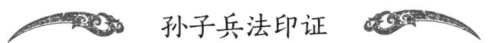

孙子兵法印证

李靖除了是一代名将，他在兵法上最大的贡献是"阵图"。

他考证并复原了诸葛亮的"八阵图"，自己创作了六花方阵图、六花曲阵图、六花圆阵图、六花直阵图、六花锐阵图、六花七军车徒骑（战车、步兵、骑兵）布列阵图等。简单说，根据不同的地形与敌我兵力，李靖的"六花阵图"都能因地、因时制宜。

《地形篇》列举六种战术地形，包括通、挂、支、隘、险、远，并说：

> 凡此六者，地之道也，将之至任，不可不察也。

李靖所处的年代比起孙子所处的年代，战争的形态与武器、军种都复杂得多，而李靖能够参照孙子的"将之至任"要求，针对不同的地形布列不同阵图，是其他将领所不及的。

同时，李靖显然非常仰慕韩信，他在临刑时高喊而救了自己一命，以及不顾唐俭安危，突袭颉利可汗，类似的事此前韩信都已做过。而他能运用梁国军队平服辅公祏，跟韩信运用魏、赵军队一般无二。"韩信将兵，多多益善"，显然李靖也有这种本事。

在攻打江陵时，他先建议缓进，可是当李孝恭兵败，而梁国军队因争抢战利品而出现混乱时，他又即刻下令攻击，符合《孙子兵法》说的：

> 《地形第十》：故战道必胜，主曰无战，必战可也……故进不求名，退不避罪，唯人是保，而利合于主，国之宝也。

一(四) 徐世勣

智勇忠义兼备

前章卖了个关子，李靖远征东突厥时，提出"不顾钦差安危进行突击"计策的，就是本章主角徐世勣。

徐世勣比李靖要年轻二十多岁，可是崭露头角的时间却比李靖早，在李靖差点被斩首那年，徐世勣已经是瓦岗军独当一面的大将。只不过，他的"老板"遭遇不佳，他几经转折才成为唐太宗倚重的大将。最终，他俩都封了公爵，成为"凌烟阁二十四功臣"，并称"大唐二李"，两部唐史（《旧唐书》与《新唐书》）都将他俩合为一传，认为二李比其他将领略胜一筹。

问题来了，徐世勣为什么会姓李呢？那是他归顺唐国之后，李渊赐他国姓，他就成了李世勣；后来李世民成为唐太宗，为了避皇帝的名讳，改称李勣。至于《隋唐演义》里的神机妙算"徐茂公"，是因为徐世勣字"懋功"。

徐世勣幼时家境很富裕，父亲乐善好施，他则广交豪杰。由于认识很多江湖朋友，因此他十七岁就加入翟让的瓦岗军，他劝翟让："起义军需要粮饷，可是你我家乡就在附近，不宜劫掠乡亲。荥阳与梁郡靠近汴水，商旅很多，去那里劫掠官私财物应该很适合。"翟让听他的建议，果然大有收获，瓦岗军因而粮饷无缺，同时得到乡民暗助。

当时投靠翟让的，还有一位英雄人物李密。李密提出"席卷两京（长安、洛阳）"的宏大战略，可是翟让不敢妄想争天下，婉谢了李密的建议。李密只好降低战略层次，游说翟让"攻取荥阳，就食洛口仓（国家粮仓），休养士兵，屯粮积谷，等到士壮马肥之时，再和别人一争长短"。

翟让听从，瓦岗军于是攻下荥阳郡好几个县城。但却引来了当时隋朝剿匪第一勇将张须陀。翟让之前跟张须陀对战，二十余战皆墨，一听说张须陀要来，就想落跑（还引用《孙子兵法》的"避其锋锐"）。李密说服他："你只管严阵以待，我保证大获全胜。"

李密将伏兵藏在荥阳以北树林中的大海寺，然后指示前锋军佯败。张须陀屡败变民军，声威远播而心存骄傲，当下乘胜纵兵追赶十余里，被徐世勣等带领的伏兵包围。张须陀本人突围而出，可是看见将士仍陷于重围，转身跃马杀进去，救出一部分人，再杀回去，如此来往三四次，终于阵亡。从此，黄河以南的隋军士气沮丧，毫无战志。

 孙子兵法印证

张须陀阵亡，他麾下的官兵悲号哭泣，数日不绝，显然他深得官兵爱戴。同时，他能够每战必胜，想必智勇双全，但却一战阵亡。

《九变第八》：故将有五危：必死，可杀也；必生，可虏也；忿速，可侮也；廉洁，可辱也；爱民，可烦也。凡此五者，将之过也，用兵之灾也。

而张须陀虽然中伏兵败，但绝对可以不死的，可是他却犯了"必死可杀"的戒条。

一位将领抱必死之心、廉洁不贪、爱民，怎么会是负面特质呢？这是《孙子兵法》提醒：将领也是人，每个人都有优点，但是优点往往也就是弱点。

张须陀得官兵爱戴，他舍不得部下陷入包围，自己不怕死，几番杀回重围营救部属，战场上刀枪无眼,主将一死,全军溃败。

《孙子兵法》这一段是提醒:敌方将领再怎么强,都一定有弱点,而且弱点很可能就是他的优点。而这段同时也警惕将领,不要太自恃优点,否则难保不败在自己最有把握的地方。

经此一役,李密建立了自己的军队,称"蒲山公营"。李密想要进取洛阳,翟让则想回到瓦岗,于是分道扬镳。

李密西进,连续劝降数城,士众、饷械都大大增加。翟让不久就后悔,回军追随李密,李密仍然尊翟让为首领,攻下洛口仓。

此时,徐世勣对李密说:"天下之乱本于饥,我们只要开仓发放粮食,不怕没有人来投靠。"李密采纳,四方人民扶老携幼前来投靠,不绝于途。

留守东都洛阳的越王杨侗(隋炀帝之孙)派出二万五千人军队讨伐瓦岗军,李密再度以佯败引诱隋军追击,然后发动伏兵将之击溃。

徐世勣与瓦岗军将领单雄信发现李密才是能成大事的英雄之主,劝翟让推李密为义军盟主,上李密尊号为"魏公"。

之后李密封翟让为东郡公,任命单雄信跟徐世勣二人为大将军,瓦岗军成为中原最大力量。赵魏以南、江淮以北的"大盗"(义军)通通响应李密,李密俨然中原"一哥"。(后来翟让又后悔,发动兵变失败,于本章为枝节,不赘述。)

当时河南、山东大水,饥民遍地,隋朝政府赈给不周,每天饿死数万人。徐世勣秉持"天下之乱本于饥"的理念,建议李密攻下黎阳仓(在今河南浚县境内)。李密听计,派徐世勣带五千人自原武(今河南原阳县)渡黄河掩袭黎阳仓,当日攻克,这是徐世勣独当一面的第一次奇兵胜利。李密开仓招民众任意领粮,十天之间,就招募到兵士二十多万人(平民不计)。

可是隋炀帝派来东都的援军也在此时到达,李密回军迎战王世充。王世充先攻下洛口仓,李密又夺回,双方来来往往多次,基本上是隔着洛水对峙、拉锯。一度,李密攻下洛阳外围的金墉城,王世充甚至不敢回洛阳。可是江都政变后,宇文化及带领军队北归,最先受到冲击的就是李密。

宇文化及因为军队缺少粮食,将辎重留在滑台(今河南滑县),自己率主力军队进攻黎阳仓。徐世勣守黎阳,刻意避开宇文化及的锋锐,不跟隋朝正规军野战,坚守仓城(宇文化及军队缺粮,不得不陷入"攻城为下"的困境),就是不出战,与李密用烽火远距离联络。

只要宇文化及攻城,李密就攻击他的背后。宇文化及派军队制造各种攻城武器,逼近仓城,徐世勣就在城外挖凿深沟,让宇文化及无法靠近,更从深沟中挖掘地道,经常神出鬼没,从地底下跳出来攻击宇文化及。终于,宇文化及撑不住,撤军,瓦岗军将所有攻城武器烧毁。

至此,徐世勣已经从"唯恐天下不乱"的变民,成为

"杀人以救民"的英雄,而他对这一气质变化颇引以为豪,曾说:"我年十二三为无赖贼,逢人则杀;十四五时为难当贼,有所不快者,无不杀之(挡我者死);十七八为佳贼,上阵乃杀人;年二十便为天下大将,用兵以救人死。"

然而,变化却来得很快,一度称雄中原的瓦岗军,却在一次战役中被王世充击溃。李密如果有刘邦那种"输不怕"的赖劲,学刘邦"突袭接收韩信兵权",接收徐世勣在黎阳的军队,则未必不能重振雄风。可是李密是个世家子弟(刘邦是草莽性格),败了那一役,自觉没面子,就向西投奔李渊。也可能他认为徐世勣不会仍奉他为领袖,但如果他这样想,他就错了。因为,往后的发展证明徐世勣"义薄云天"。

李渊派魏征去黎阳招抚徐世勣,徐世勣对长史(幕僚长)郭孝恪说:"这里的土地、军队都是魏公所有,如果我自己上疏呈献,岂不是利用主君的失败,博取荣华富贵,那是可耻的行为。"于是徐世勣将辖下郡县、户籍、人口、军队、马匹详细列册,派郭孝恪带去长安交给李密,由李密呈献——如此义气,在历史上任何一个群雄逐鹿的时代,都没有第二个例子。

李渊听说后,深深叹息:"徐世勣不忘恩,不求功,这才是真正的忠臣啊!"当下赐徐世勣"国姓"(从此改名为李世勣),原来的地盘仍然交给李世勣镇守。

后来李密后悔降唐,谋反被杀。李渊派使节对李世勣说明事情经过,并将李密的人头送去给他过目。李世勣面向北方叩拜号哭，请求安葬李密。李渊再将李密尸身送过去，李世勣换穿丧服，全军缟素，以臣属礼仪安葬李密。此举非但没有引起李渊怀疑，反而更加信任李世勣。

王世充打败李密后，自立为帝（国号郑），与夏王窦建德翻脸，而黎阳地区刚好位在郑、夏两国势力的中间地带。窦建德向东扩张，越过黎阳城三十里。李世勣派骑兵将领丘孝刚领兵担任斥候，丘孝刚巡逻中与窦建德（自率先锋）相遇，发动攻击。窦建德被这项突袭激怒，大军调转回头，进攻黎阳，攻克，生擒李渊的堂弟淮安王李神通、李渊的妹妹同安公主、魏征，还有李世勣的父亲徐盖。李世勣率数百骑兵逃出，因父亲被擒，只好回去投降，窦建德任命他为将军，仍然镇守黎阳，但是把徐盖带在身边当人质。

李世勣一心想要回归唐国，可是又怕窦建德杀害他父亲。郭孝恪建议他："我们一举一动都受到监视，最好先建立功劳，取得信任后，才好行动。"于是李世勣用力帮夏国打仗，攻克许多城池，生擒猛将刘黑闼。刘黑闼在王世充手下，却总是偷笑王世充的作为，加入夏国阵营后屡建奇功，窦建德对他信任且重用。后来窦建德兵败被杀，刘黑闼统领余众，成为继承人。重点在于，窦建德因此放松了对李世勣的监视。

李世勣开始计划叛变，暗中与变民领袖李商胡结拜兄弟，两人密商举事，可是李商胡却提前发动，然后才派人通知李世勣。由于事发仓促，夏军很快稳住阵脚，严密戒备，李世勣只好跟郭孝恪带着数十骑投奔关中。

夏军诸将请求诛杀徐盖，窦建德说："李世勣是忠臣，他的老爹有什么罪？"遂不杀徐盖。之后，李世勣随李世民东征建立很多功劳，包括从王世充手中夺取虎牢关，才有后来虎牢关大捷，奠定唐朝一统天下的基础。

李世民即位为唐太宗，为了避皇帝的名讳，他又改名为"李勣"。

李靖平萧铣后，和李勣一同平定长江下游的辅公祏；而在全国统一后，两人又一同征突厥。李靖采纳李勣的建议突袭，李靖则伏兵碛口（今内蒙古二连浩特境内），生擒颉利可汗。

唐太宗临终将太子李治托付给李勣，说："阁下往日不辜负李密，以后应当不会辜负朕吧！"

李勣作为托孤辅政大臣期间，对后世影响最大的一件事，就是支持唐高宗李治废后立后，成就了武则天。后世史家对此不无批评，但那是他对唐太宗的义气——无条件支持唐高宗李治。

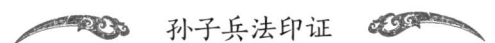 孙子兵法印证

徐世勣劝李密据黎阳仓，然后放粮，充分印证了：

《作战第二》：故智将务食于敌，食敌一

钟,当吾二十钟。

据有黎阳仓,流民就会来投靠,流民涌至就可以挑选精壮男子当兵,军队也没有吃饭问题。事实证明,那是李密称霸一时的最成功战略。

徐世勣最危险的一次,是李商胡提早发动叛变,以致阴谋泄漏。《孙子兵法》对泄漏秘密,提出最严重的警告:

《用间第十三》:间事未发而先闻者,间与所告者皆死。

一⑤ 高梁河之战

北宋败在逃得比契丹快

大唐帝国经过贞观、开元两朝盛世，因安史之乱盛极而衰，晚期则陷入藩镇割据局面，最后军阀朱温篡唐，进入五代十国的分裂时期。

五代是：后梁、后唐、后晋、后汉、后周。宋太祖赵匡胤陈桥兵变篡后周建立宋朝，终他之世，统一大业接近完成，只剩北汉尚未臣服，以及"儿皇帝"石敬瑭（后晋）割让给契丹（辽国）的燕云十六州未收复。

赵匡胤驾崩，弟弟赵光义（本名赵匡义，哥哥当了皇帝，为避讳而改名）继位为太宗，以统一与规复为职志，也就是先要平北汉，次要收复燕云十六州。

赵光义即位第四年，出兵讨伐北汉。北汉一直受契丹庇护，因此辽国派使者来质问宋朝："什么理由要攻打北汉？"（国名用"宋朝、辽国、北汉"，无尊贬之意，只是以习惯称呼写来。）

赵光义对使者说："北汉不服从天命，所以兴师问罪。如果北朝（如此语气意味着与辽国分庭抗礼，不再是自石敬瑭以后，后晋、后汉、后周的卑屈立场）不援助它，贵我两国的和平约定（宋太祖时两国通好）照旧，否则只好一战了。"从此宋辽交恶，而宋军伐北汉时，辽军来援但被击退，遂灭北汉。

平北汉之后，赵光义想乘胜取幽蓟（今北京市、天津市），诸将却多持保留态度，认为才经过一次大战，军队疲惫，粮饷尚未补充（打胜仗还没犒赏），不宜立刻再发动战争。

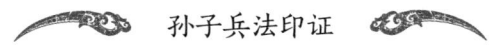 孙子兵法印证

《火攻第十二》：夫战胜攻取，而不修其功者，凶，命曰"费留"。

这一段的意思是：每次结束一场战争，必须很快施行赏罚。历代兵家有所谓"赏不逾日，罚不逾时"

的原则,就是对有功者最好当天行赏,尽量不要超过一天;对有过失的将士施罚,则要更快,最好是立即行罚。如果有功不赏,有过不罚,叫作"费留"(留滞费耗),是兵家大忌。

然而,赵光义有他的政治思考:当时辽国内部正好"青黄不接"。辽穆宗性情喜怒无常,嗜杀成性,以致被近侍弑杀,但已经把老爹辽太宗耶律德光留下的基业败坏殆尽。继位的辽景宗接下一个烂摊子,费了九牛二虎之力整顿,得到岳父萧思温很大襄助,恢复了朝廷的威信。

可是景宗却积劳成疾,萧思温过世之后,皇后萧绰(后来的萧太后,小说中杨家将的头号大敌)介入政治,重用耶律休哥、耶律斜轸等将领,重振辽国国势。而赵光义平北汉之时,正好是辽景宗末年,萧皇后尚未能掌握全局之时。

赵光义认为时机适合,决定平北汉大军转向东征,另派枢密使曹彬调发各地屯兵,并下令汴京(今河南开封市)与河北诸军储粮运往镇州(今河北正定县)前线。宋军声势浩大,初期进展顺利,连续有两座州城投降。大军到达幽州(今北京市),击退辽国北院大王耶律奚底,将幽州城团团包围了三圈,附近的顺州、蓟州先后投降。

辽国南院大王耶律斜轸当时镇守得胜口(今北京昌平区内),见宋军锐气正盛,不跟他正面交锋,竖起青色旗帜,收拾耶律奚底残部。赵光义以为得胜口只是败兵收容所,挥军乘胜追击，斩首千余。孰料，耶律斜轸预先埋伏的军队突然袭击宋军后方，宋军败退，与斜轸军对峙于清沙河（幽州城北二十里）北。

不久，赵光义看出耶律斜轸兵力不足，只是据险而守，于是只留部分兵力跟他对峙，主力全力围攻幽州。但幽州是辽国的南京，南京守城部队原本就粮械充足，由于得胜口的胜利，更坚定了守城信心。因此，宋军陷入了"攻城为下"的麻烦。

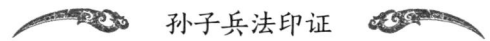 孙子兵法印证

《谋攻第三》：攻城之法，为不得已，……将不胜其忿而蚁附之，杀士三分之一，而城不拔者，此攻之灾也。

"蚁附"是形容士卒如蚂蚁般爬梯攻城。通常这种进攻方式牺牲最为惨重。

辽国方面，耶律奚底败回上京（今内蒙古赤峰市），前方只能对峙，南京仍受围攻，情势一点也不好。萧皇后先派宰相耶律沙率军往援，后因耶律休哥自动请缨，萧皇后乃封耶律休哥为北院大王（取代耶律奚底），再增兵驰援。

耶律沙大军到达幽州，跟赵光义在高粱河展开战斗，耶

律沙不支败退，但宋军已经围城太久，体力不继，从中午到傍晚只追了十余里。这时候，耶律休哥援军到达，暗夜中，辽军骑兵持火炬冲锋，宋军不知敌人多寡，不敢接战，退回高梁河，准备据河防守。

耶律休哥收容耶律沙败军，命令他们转身再战，与宋军相持。自己跟耶律斜轸各自率领骑兵，从左右翼挺进，乘夜夹攻宋军，使宋军陷入钳形包围当中。战斗激烈非常，耶律休哥身先士卒，身被三创犹力战。南京守将耶律学古闻援军已至，开门列阵，四面鸣鼓，城中居民大呼，响声震天动地。

宋军发现情势不妙，只好退却以求整顿，可是一退不可收拾，大败，死者万余人。全军连夜南逃，争道奔走，溃不成军。赵光义与诸将走散，诸将也找不到各自的部下军士。皇帝近臣见形势危急，慌忙之中找了一辆驴车请赵光义乘坐，一直逃到涿州（今河北涿州市）以南的金台屯，才敢停下"车驾"（驴子拉的）。见诸军都没到，派人回头打探，才知道宋军仍固守涿州。但不好的消息却是，涿州城内诸将因不见皇帝，甚至有人提出"拥立武功郡王"之议，赵光义急忙派人宣诏班师回京。

事实上，辽军也不可能追击，因为主将耶律休哥在战斗中昏死，无法骑马，左右将他载上轻车，代他发号施令。也就是说，战斗发生在暗夜中，战况惨烈，辽军虽胜，却也无法发挥统合战力。而宋军夜奔撤退迅速，将战场留给辽军，于是辽国解了南京之围，宋朝从此断了收复燕云十六州之念。

◎ 后事一

前文提及"有人提议拥立武功郡王",武功郡王是谁?

宋太祖赵匡胤之死,一直流传一个疑案:烛影斧声,暗示赵匡胤是被弑。他驾崩后,由太后降诏,兄终弟及,赵光义继位,是为宋太宗,赵光义封赵匡胤的长子赵德昭为武功郡王。

无论赵光义有没有弑兄,赵德昭在一天,赵光义就得防着他点。此亦所以高梁河一败,皇帝下落不明(诸将骑马,没想到皇帝会比他们逃得更快),诸将想要拥立新主,头一个先想赵德昭。

君臣们回到汴京,赵德昭向赵光义提出:"三军平定北汉,还没有封赏。"这其实不失为一个好主意,可以掩盖战败的低气压。

孰料,赵光义冷冷地回他一句:"要赏,等你当了皇帝,自己赏。"这下吓坏了赵德昭,居然就自杀了!于是赵光义又背了一个"逼死侄儿"的骂名。

◎后事二

高粱河之战后,辽景宗崩逝,十二岁的辽圣宗继位,由萧太后摄政,国势日上。耶律休哥与耶律斜轸一再南征,要雪南京被围之耻。可是宋朝当时军事力量仍强,尤其代州刺史杨业(小说中杨家将的族长),曾经在雁门关以数百骑大败辽军(十万大军),之后契丹人看见他的旗号就退避,号称"杨无敌"。

虽然,高粱河之战后,宋朝已无力北伐,但辽军"入寇"多被宋军击退。直到陈家谷之战,宋军先败,杨业出击以诱耶律斜轸来追,可是埋伏谷口的宋军将领却擅自离开,导致杨业被俘而死,从此北宋就没有可以对抗契丹的将领,后来甚至向辽国进岁贡,都肇因于在高粱河"逃太快"。

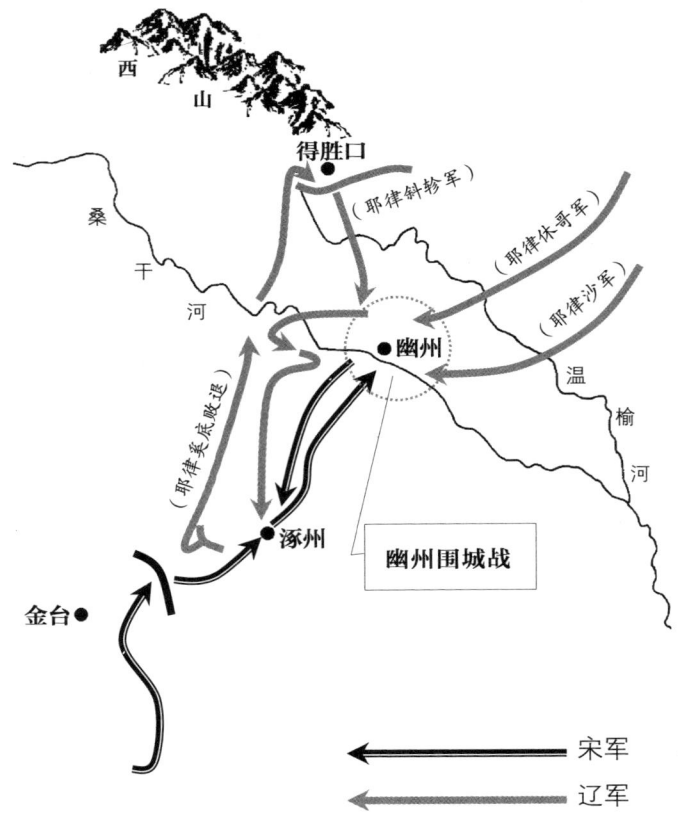

△高梁河之战

一六 岳飞

运用之妙，存乎一心

北宋自杨家将之后，对辽国始终采"用钱买和平"的战略，直到女真人建立的金国灭了契丹人的辽国，仍然对金国采用相同战略。

可是金人需索无厌，而金钱买不到永久的和平，最终金国还是兴兵攻进了汴京。宋徽宗赵佶在大势已不可为之际，传位给儿子，宋钦宗赵桓在汴京沦陷之前，下诏弟弟康王赵构为河北兵马大元帅，命他号召各地兵马勤王，然后徽钦二帝就被金人掳走了。赵构受命后，开了元帅府、发了征兵文告，其实无心营救汴京。但是他的征兵文告却成就了后来南宋王朝一度出现的中兴气象：因为那次征得的义军当中，有一位少年英雄，就是岳飞。

关于岳飞的传说很多，《说岳全传》更将岳飞充分神格化，真实的岳飞确实生具神力，未满二十岁就能"挽弓三百斤，开腰弩八石"，天生就是当兵的料。而岳飞投入河北大元帅（赵构）部下，其实是他第三次投军。第一次因为父亲过世回家守丧而中辍；第二次是为了家计再度投军，那一次岳飞当上了军官（偏校），曾率百骑攻西山之贼，崭露头角。他派出一支数十人的特遣队，伪装成商旅，故意让贼人劫掠并纳入部伍，然后岳飞的骑兵部队到达，将主力留在山下设埋伏，自己领数骑直逼山寨叫阵。贼兵出战，岳飞往山下遁走，贼兵追击，乃陷入埋伏，岳飞擒获贼首领以归。从此，岳飞在民间义军中著有声名，豪杰之士都愿意跟他共事，可是义军却因情势缓和（买来的和平）而解散。

第三次投军，就是岳母在岳飞背上刺字"尽忠报国"那一次，岳飞的长官是刘浩，奉命前往滑州担任侧翼疑兵。一次，岳飞领百余骑在黄河边操练，突然出现金兵大部队，岳飞对部下说："敌人虽然众多，可是他们不知道我们的虚实，趁他们还没站定脚步时，攻之可破。"于是主动出击。金兵有一员枭将舞刀而前，被岳飞击斩，金兵心生畏惧，退却，岳飞率百余骑追击，敌兵大败。

这一战，令北宋主战派将领宗泽对他另眼相看。宗泽召见岳飞，对他说："你确实智勇兼备，跟古代良将相较亦不逊色，可是你太喜欢野战。野战的风险很高，不是万全之计。"然后传授岳飞"阵图之学"。

岳飞翻阅一遍，对宗泽说："这些都是从前人用过的（成功）战术。所谓'阵而后战'是兵法的常态，但是临敌对战不能拘泥成法，必须随机应变，运用之妙，存乎一心耳！"宗泽对这番说法点头嘉许。

相传岳飞有一部《武穆兵法》，但并未流传后世，只留下这一句"运用之妙，存乎一心"。而根据后世兵法家的研究考据，岳飞打赢金兵基本上就在"一心"二字，但"一心"除了将士上下齐心，还有一个"散兵战术"，也就是军队在野战中可以散开再集拢。

当金兵的骑兵冲来，传统的步兵列阵若挡不住冲击力，阵势就垮了，军队溃散，乃至一败涂地。前章高梁河之战，以精锐的北宋开国之师，尚且经不起辽军骑兵的冲撞，北宋末期的羸弱步兵，怎经得起新锐的女真骑兵冲击？可是岳飞发明了中国战史上最早的散兵战术，军队放出去可以收回来，乃能"避其锋锐，击其腹背"，为什么能这样？因为岳家军在开战前都有充分讲解战术，士卒都晓得散开以后如何重新集结。

可是，岳飞的军旅生涯却受到顿挫：他上书千言给宋高宗（此时已经发生"靖康之变"，赵构自践帝位为高宗），内容得罪了权臣黄潜善，被批"小臣越职，非所宜言"，革除军职、军籍。岳飞北归，往见河北招讨使张所。

张所问他："汝能敌几何？"

岳飞说："打仗不能依恃勇力，用兵要先定谋。古时栾枝曳柴以败荆、莫敖采樵以致绞，都是先谋定的缘故。"岳飞所举二例都出自《左传》，栾枝是晋文公的大将，莫敖是楚国官名，本名屈瑕，两个例子都是以计谋取胜。

张所大为惊讶，说："阁下实在不是行伍中人（认为岳飞是大将之才）。"留他在帐下，一路擢升为统制（属官第二级）。

靖康之变后，高宗南渡，北方抗金的中心人物是开封府留守宗泽，岳飞虽几经波折，但最后终于归入宗泽帐下。此时宗泽面对金兵三路南下的压力，对岳飞倚重甚深，岳飞也迭建奇功。可是南方朝廷无心北伐，宗泽连上二十四次表章陈述"恢复大计"，却得不到高宗支持，最后抑郁成疾，疽发背而死，临终仍不住呼唤："渡河！渡河！渡河！"

接替宗泽的杜充欲引兵南还，岳飞强谏："中原土地尺寸不可弃，今天一走，他日想要恢复，非动员数十万大军无法完成。"可是杜充不听，全军南还。

此时高宗又往南走，留杜充守建康（今南京市）。当金兵渡过长江，岳飞还在力战，杜充却投降了，一时诸军无主，多半溃乱劫掠而走，只有岳飞率所部退到广德（今安徽广德市），继续抵抗金兵，六战皆捷。

当时金兵的总司令是四太子完颜兀术（他有个汉文名字

完颜宗弼，但史书与小说都称他为"金兀术"，以下随俗），金兀术得到建康，又进取临安（今浙江杭州市，南宋以杭州为首都，改名临安），宋高宗甚至因此"避祸海上"。幸赖岳飞与韩世忠不断袭击金兵的后方补给线，兀术不敢久停，饱掠江浙后引军北走，被岳飞跟韩世忠拦腰痛击，二人先后在黄天荡与牛头山大败金兵。金兀术靠着乡人指点，凿通水路逃出黄天荡，南宋收复建康。这是岳飞第一次直接得到朝廷诏令，也是"岳家军"的第一次辉煌战果。

过程中，岳飞收纳了俘虏的齐军（金人在华北扶植傀儡皇帝刘豫，国号齐），对他们宽仁温厚，这些北方军人称他"岳爷爷"。自此，岳飞开始他的大将生涯，宋高宗采纳岳飞的建议"固守建康，并增加兵力防守淮水"，将南宋的国防线推回到长江以北。

独当一面的岳家军，在江北先后平定了游寇李成、张用、曹成和几个地方叛乱，宋高宗赐御书"精忠岳飞"，岳飞接着上札子（当时对奏章的称呼）建议收复襄阳六郡——当时在齐王刘豫的势力范围。宋高宗批准出兵，可是不许说"提兵北伐"或"收复汴京"，只以收复六郡为限。

岳家军由江州（今江西九江市）向鄂州（今湖北武汉市）进发，到达郢州城（在今武昌）下的隔天清晨开始攻击。第十八天，襄阳六郡全数收复，包括驻守、来援的齐军和金兵通通溃败北逃。途中曾有一大块炮石飞坠在岳飞的大纛（dào，大旗）之前，左右都吓坏了，岳飞却面不改色，继续指挥作战。这次战役中有一位少年英雄崭露头角,他是岳飞的十六岁儿子岳云,使两杆铁椎,重八十斤,在攻随州城时,第一个冲上城头。

宋高宗接到捷报,对胡松年说:"朕素闻岳飞行军极有纪律,未知能破敌如此。"

胡松年说:"惟其有纪律,所以能破贼。"

这又点出了岳飞打胜仗的另一个要素:军纪。简单说,《孙子兵法》对将领的五大要求"智信仁勇严",岳飞都具备了:"智"无须多说;信赏必罚,也就是"信"与"严",是维持军纪的必要条件;军纪好,不扰民是"仁";前述炮石坠于前而色不变是"勇"。

接着,岳飞的目标指向齐帝刘豫。他探知刘豫比较亲近金国的西路元帅粘罕(汉名完颜宗翰),而与东路元帅兀术不和,就一直思考利用敌人这个内部矛盾。一次,军中捕得一名汉人间谍,隶属金兀术麾下,岳飞吩咐将间谍送来给他亲自审问。

人刚进帐,岳飞故作错认,说:"你不是张斌吗?我命你去齐国,约好诱捕四太子兀术,你竟敢不回来复命。我已经再派人前往,也约定在下次进攻江南的行动中,将四太子诱至清河(今江苏淮安市)。这件事你为何不回报?难道想背叛我吗?"

那名间谍脑袋里只想着怎样可以免死,于是跪地请罪,表示是因病无法复命,现在愿意回去金营戴罪立功。岳飞

"原谅"了他，制作蜡书（将信件封在蜡丸中，遇情况危急，将蜡丸丢在草丛中，风声过去再回头捡拾，是古代间谍常用的方法）让间谍带回去。

这封蜡书到了兀术手中，立即呈报金熙宗。兀术获得熙宗点头，以南征为名，大军经过汴京时，逮捕刘豫和他的儿子刘麟，父子都被流放到临潢（今内蒙古林西县）。

金兀术借着整肃刘豫，顺势扳倒了他的政敌完颜宗磐和完颜昌，大权在握，于是撕毁跟南宋的和议，金兵分两路进攻，兀术自领一军，兵临顺昌（今安徽阜阳市）城下，顺昌告急。宋高宗原本不同意岳飞出兵，又恐顺昌有失，仍然下诏岳飞发兵救援。

之前宋高宗为何不让岳飞出兵？因为在岳飞收复襄阳六郡之后，南宋的版图跟从前东晋的近似，已经不再是逃难小朝廷，而有南北分治的条件。这时候，金国掌权的完颜宗翰提出和议，宋高宗大喜过望，派秦桧为代表前往议和，双方签下了前文所说的和议。岳飞极力反对议和，大大忤逆了高宗，得罪了秦桧，君臣联手"冷冻"岳飞。

无论如何，金兀术斗垮了完颜宗翰，撕毁了和议，宋高宗与秦桧只得让岳飞再上战场。金兵南向，镇守亳州（今安徽亳州市）的刘锜首先告急，高宗诏命岳飞驰援。岳飞抓住这个机会，将岳家军兵分三路：东援刘锜，西援郭浩（川陕方面），自己带领主力大军由襄阳长驱直入指向汴京，东路与中路所战皆捷，中原大震。

金兀术大感头痛，对龙虎大王完颜突合速说："宋国其他将领都好对付，只有岳家军勇不可当，我将要引诱他做一次决战。"其实，那是兀术故意放话，这个"情报"很快就传到临安，"南宋君臣皆大惧"（后方朝廷怕什么？史书寥寥数语，暗示以秦桧为首的主和派极力帮金兀术散布消息、制造气氛），于是高宗降诏，要岳飞"审固自处"。

岳飞看到，告诉诸将："金人技穷了！"于是每天都向金兵挑战。

金兀术召集麾下猛将龙虎大王、盖天大王等精锐部队，集结在郾城（今河南漯河市内），跟岳家军决战。

那就是著名的"岳飞大破拐子马"战役。所谓拐子马，是以重铠甲将三匹马连锁为一组，在那个冷兵器时代，这种重骑兵的冲击力就跟现代坦克车一样。岳飞非常熟悉拐子马，他命令一群特种步兵夹杂在阵中，告诫他们"不要仰视，只管低头砍马足"。拐子马三马相连共十二只马脚，只要砍伤任何一只，就全组失去平衡而仆倒，连带造成阵势大乱。骑兵一旦前后壅塞，就失去机动性和冲击力，岳家军的步兵此时一拥而上，斩杀金兵。

这一仗，岳家军歼灭金兵一万五千骑。金兀术大恸，说："自起兵以来，几乎都是靠这支骑兵部队取胜，如今全完了！"

金兵大败北逃，岳家军一直追到朱仙镇（在今开封市西南），再以五百"背嵬骑"（岳家军的精锐骑兵）大破金兵。黄河南北一时之间义军蜂起，通通都打着"岳"字旗号，父老牵着牛车载运粮食供应军队,民众在道路两旁顶盆焚香迎接,金国的号令在沦陷区已经不行。

金兀术在汴京坐困愁城,下令大军北归,将要出城,一个金人书生在马前叩谏:"太子别走,岳飞马上就会退兵。"

金兀术说:"岳飞以五百骑兵击败我十万大军,汉人心都向着他,我留此何益?"

那书生说:"自古没有权臣在内,而大将能立功于外者,岳飞很快就不保了。"

金兀术即刻领悟,下令军队停止行动,加强防守汴京。

岳家军方面,由于河北各地包括义军和金兵中的汉将很多都来输诚,岳飞信心十足,对诸将说:"我们直捣黄龙,然后跟大家一同痛饮。"

但是,南宋朝廷的班师诏令已经到来。岳飞急忙上奏,请求继续北伐,但是这个动作反而更加深宋高宗对岳飞的疑虑,一日之间,连下十二道金牌,召岳飞班师回朝。

岳飞南返,跟着他南徙的民众"人多如市",留在北方的则南望号哭。最终,朝廷以"莫须有"罪名将岳飞父子处死。

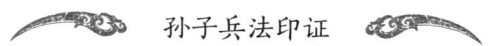

孙子兵法印证

岳飞除去伪政权齐帝刘豫的手段,正合《谋攻第三》"上兵伐谋",不用大军征讨,借金兀术之手除去刘豫，更避开了"汉人相残"的疑虑；同时也为《始计第一》"亲而离之"做出新的诠释：制造"刘豫与南宋勾结"的迹象，成为金兀术斗争完颜宗翰的题目。

金兀术忌讳岳家军，透过秦桧，迂回南宋朝廷内部制造舆论，企图影响岳飞。可是岳飞立即察觉"金人技穷"，印证了《行军第九》：辞卑而益备者，进也；辞强而进驱者，退也；轻车先出，居其侧者，陈也；无约而请和者，谋也；奔走而陈兵车者，期也；半进半退者，诱也。

意思是：敌人言词低调，却不停准备作战，那是要进攻；言词高调且作势进攻，那是要撤退；轻战车先出列，等在一旁，那是要布阵；没有约定而来讲和，必有阴谋算计；敌营里人车奔走忙碌，那是有所等待，可能是敌方将有援军到来；敌军半进半退，那是想引诱我。

这段兵法是"相敌"要诀，金兀术虽无以上动作，但是道理一致：说要埋伏引诱岳家军决战，其实是故意放话，心里头想的恰恰相反。

一七 鄱阳湖之战

朱元璋"猎杀"陈友谅

南宋没有亡于女真人的金,却亡于蒙古人的元。

元朝最后一位皇帝元顺帝即位不久,"南人"纷纷起义抗元,先从广东开始,然后四川、河南、江西、福建、湖南……黄河以南遍地烽火,蒙古骑兵战力虽强,怎耐疲于奔命。

势力最大的是白莲教的韩山童。韩山童战死,刘福通拥立韩山童的儿子韩林儿称帝,号为小明王,定国号宋。

南方其他义军包括徐寿辉、郭子兴、张士诚、明玉珍、方国珍等，跟元军作战，也相互攻伐。各路群雄兼并到最后，只剩郭子兴的部将朱元璋与徐寿辉的部将陈友谅最大，张士诚与方国珍则割据江苏、浙江部分地区。因而朱元璋与陈友谅终必一战，决定南方归谁的天下。

朱元璋继承了郭子兴的部众，仍尊奉傀儡小明王，在攻下集庆（今南京市）后，将它改名为应天府。这个名字显示朱元璋有一统天下的大志，可是他此时只自封为"吴国公"，因为有一个儒生朱升给了他九个字建议："高筑墙，广积粮，缓称王。"他接受了。

朱元璋最初因为家贫，出家当和尚，却经常三餐不继，就去投军，从一名小兵干起。他成功的最大因素，就是能够同时让英雄豪杰与饱学之士为他效命，而他能够分辨好主意与馊主意，更是部下对他服气的重要原因。

在朱元璋攻下应天府之前，文有李善长，武有徐达、常遇春，前文提到的朱升，其实还不算第一等人才，在攻下应天府之后，投效朱元璋的第一流人才，包括刘基（伯温）与宋濂等。

陈友谅原本是徐寿辉的部将，徐寿辉的势力范围最初在长江中游，陈友谅刺杀徐寿辉，接收地盘跟军队，开始东向进兵江西，不可避免地跟朱元璋产生冲突。

一次，陈友谅声言要攻安庆，明军（朱元璋当时称"吴国公"，但为与称吴王的张士诚区别，称其为"明"）将领常遇春研判陈友谅会先攻池州，将精锐部队埋伏在九华山，而以羸弱部队守城，等到陈友谅军队开到城下，城上扬旗擂鼓，伏兵闻声杀出，绝其归路。内外夹击之下，陈友谅军被斩首万余，被生擒三千。隔月，陈友谅水军攻打太平（黄山所在地原名太平府），城破，明军守将全部殉节。

陈友谅攻下太平后，自称汉帝，引兵从江州东下，直接威胁应天府，同时联络张士诚一同进兵，对朱元璋展开夹击。朱元璋手下群臣有人提议投降，有人建议逃奔钟山，因为钟山有"王气"，只有刘伯温"张目不语"。

朱元璋私下召刘伯温来请教。

刘伯温说："先斩主张投降和逃奔钟山者，然后倾府库之财，以至诚凝聚军心；战术上则设下埋伏，攻其不备。成就大业，就在此一举了。"

于是朱元璋召集军事会议，拟定战略后，单独将康茂才留下，说："我有一个任务要交给你，可以吗？"

康茂才说："惟命是听。"

朱元璋说："你跟陈友谅是老朋友，如今陈友谅与张士诚联手，我希望陈友谅提早到来，非你不可。你马上写一封信，派人送去给陈友谅，假装约好投降，作他的内应，要他尽快来。同时告诉他错误的我军配置虚实，让他兵分三路，减弱他的兵势。"

康茂才说："没问题。我家里有一个老仆，以前侍奉过陈友谅，派他送信过去，陈友谅一定不会起疑。"

 孙子兵法印证

《兵势第五》：三军之众，可使必受敌而无败者，奇正是也；兵之所加，如以碫投卵者，虚实是也。

朱元璋一来总兵力不及陈友谅，二来陈友谅联合张士诚，两面作战是他无法承受的，必须先击败一方，再战另一方。但是他无法主动出击，所以只能诱使一方提前送上门来，而"诱饵"只对陈友谅有效，于是用了康茂才这一招。

从那一刻开始，陈友谅几乎完全被朱元璋"带动"，但是他自己却认为是居于主动地位。也就是朱元璋做到了《虚实第六》：微乎微乎，……神乎神乎，……能为敌之司命。

朱元璋的性格谨慎（甚至到了多疑的程度），又将此事跟宰相李善长商量。

李善长问："我们正担忧敌人入寇，为何反而引诱他来？"

朱元璋说："陈友谅跟张士诚一旦谈好合攻谋略，那就太迟了。我们先破西寇（陈友谅），则东寇丧胆矣。"

原来这是朱元璋跟刘伯温一同研究出来的战略。前文刘伯温说的"伏兵攻其不备"，前提是陈友谅在没有戒备的情况下进入圈套。同时，明军还不能两面作战，因为陈友谅的兵众强过朱元璋，而且是惯战之师，所以要设计让陈友谅提前到，并让他分兵来攻。

康茂才的密使乘着小船到了陈友谅大营，陈友谅得信大喜，问："康公现在哪里？"

密使说："在负责守江东桥。"

陈友谅："那是座什么桥？"

答："木桥。"

陈友谅犒赏密使好酒好菜后，吩咐密使回去，约定："我到的时候，就呼唤'老康'作为通关密语。"

康茂才接到密使回报，向朱元璋报告，朱元璋高兴地说："此贼落入我的圈套了！"然后下令拆除江东木桥，以铁跟石块改建。明军（为叙述方便，以下朱元璋军皆称明军，陈友谅军称汉军）效率极高，一夜之间就改建完成。

此时，有潜伏在汉军中的间谍来报，"陈友谅探听新河口路的情况"，朱元璋于是下令在那里筑一座新城（命名"虎口城"，取义敌人入虎口）防守，分派将领进入各个险要据点，自己率大军在卢龙山建立指挥部，同时布置斥候。山左者持黄旗，山右者持红旗；敌军到时举红旗，各军进入战斗位置；见黄旗一举，伏兵全面发动。

终于，陈友谅的舰队到了，直冲江东桥。一看，傻眼了，居然不是木桥，是一座石桥（汉军纵横长江中游，多为巨舰，石桥无法焚烧冲破），惊疑之下，连呼："老康！老康！"却完全无人回应，这才醒悟是康茂才诈降，立刻转向龙江，先派一万人登岸立栅,这时候汉军士气仍然旺盛。

明军这边,朱元璋全副武装在酷暑下督战,头上原本撑着大伞(盖),看见士卒挥汗如雨,下令撤去伞盖,以示将士同甘共苦,激励士气。诸将请求出战,朱元璋说:"不急,天快下雨了,各军先吃饭,吃饱了,等下雨时出击。"

当时晴空无云,军队正半信半疑间,忽然西北风吹起,不多久大雨如注。朱元璋下令举起红旗,前锋军冲出,拔掉汉军立的栅,两军在大雨中战斗。一会儿雨停了,朱元璋下令击鼓,山左黄旗高举,徐达、常遇春等伏兵尽出,水军也由港内杀出(明军多为小型战船,能穿越江东桥孔)。

遭遇内外夹击,汉军溃败,争相逃回舰上,却刚好遇到退潮,巨舰搁浅在江边,被杀死和溺死者不计其数,生擒战士七千余人,损失巨舰百余艘。

陈友谅乘舸(非战舰的大船)遁走,朱元璋在他的旗舰中搜到康茂才那封诈降信,嗤笑:"这家伙真是愚蠢至极。"

汉军败退,明军追击,在采石(今安徽马鞍山市)又血战了一场。明军损失大将张德胜,但收复了太平;汉军则一路退回江州。陈友谅大败,使得原先徐寿辉的旧部开始勇于表达对陈友谅的不满,很多将领带枪投靠朱元璋。

朱元璋心里明白,若放任陈友谅回到武昌,一旦他整补完成,肯定会再度"入寇",所以加速动员,溯江西上。朱元璋这次有了龙骧巨舰(俘获汉军得来),浩浩荡荡,大军开到江州,陈友谅才发觉,以为"神兵自天而降",仓促间无法集结军队应战,带着老婆孩子夜奔武昌。一时之间,江西境内汉军将领纷纷向朱元璋投诚,朱元璋于是据有江西。

隔年,陈友谅完成整补,建造超级巨舰,舰高数丈,上下三层,各层之间有马匹通道,船舱中可容纳数十艘橹桨小船,船身都用铁皮包覆。有了如此无敌巨舰,陈友谅自认为必胜,于是倾巢而出,号称六十万大军,进攻洪都(今江西南昌市)。汉军全力猛攻,明军死战守城,围城两个月,明军将领负伤、战死很多。

朱元璋的侄儿朱文正派人到应天府告急,当时朱元璋正在安丰(今江苏东台市)跟张士诚的吴军作战,当下留徐达指挥战场,自己回到应天府,问过洪都战况后,交代来人:"回去跟文正说,再坚守一个月,我一定将陈友谅击败。"

随后朱元璋将徐达从东战场调回应天,动员明军所有精锐部队,水陆军共二十万人,在进入鄱阳湖之前,就在鄱阳湖连接长江的孔道设下三处伏兵,然后大军进入鄱阳湖。这时,陈友谅已经围攻洪都八十五天,听说朱元璋大军到来,就解了洪都之围,进入鄱阳湖迎战,一场中国历史上规模最大的水战于是展开。

汉军以巨舰连结布阵,展开数十里,"旌旗楼橹,望之如山",气势夺人。朱元璋看见敌方布阵如此,对诸将说:"对方巨舰首尾相连,不利进退,我想出对付它的办法了。"他将己方舰艇分为二十队,每队配置各种火器(当时的火器名称有:火炮、火铳、火箭、火蒺藜、火枪等)与弓弩,并对诸将下达指示:"靠近敌舰时,先发火器,其次弓弩;船舰接触后,以短兵器攻杀。"

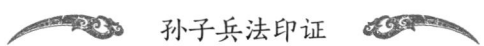
孙子兵法印证

《火攻第十二》:凡火攻,必因五火之变而应之。火发于内,则早应之于外。……火可发于外,无待于内,以时发之。火发上风,无攻下风。

朱元璋所处的时代已经比孙武晚了一千八百多年,火器进步了很多,可是火攻的原则仍然不变。他既然说已经想好了战术,想必也算准了双方接战的风向与起风时辰。

大将徐达身先冲锋,击败汉军前锋部队,杀一千五百人,掳获巨舰一艘而还,明军士气大振。大战随即展开,明军奋勇争先,汉军陷于被动,但是明军的伤亡也不小,双方战到日暮,各自鸣金收兵。

第二天再战,明军船小,仰攻不利,决定扩大采用火攻。熬到黄昏时分,湖面吹起东北风,常遇春征调民间渔船,船上载荻苇、火药,先派出七艘,船边扎草人,披上甲胄、持戟,其实船上只有几名不怕死的敢死队,后面跟几艘轻快小舟接应。靠近汉军舰阵，顺风纵火，风急火烈，燃着汉军巨舰数百艘，一时烈焰满天，湖水尽赤，汉军死伤过半，明军追击，又杀两千余人。

两军进入夜战，朱元璋的旗舰舟樯（桅杆）是白色，相当明显，陈友谅发现，但时间已晚，下令隔天集中兵力进攻。可是朱元璋却在晚上得到这个情报，下令所有船舰连夜将舟樯涂成白色。隔天再战，汉军看见所有船舰都是白色舟樯，内心大骇。

汉军损失惨重，但人数、船舰数仍具优势，陈友谅下令坚持"斩首计划"，朱元璋则一再换船指挥。最惊险的一次，朱元璋刚换船，之前乘坐的那艘战舰就遭炮弹炸碎。陈友谅喜形于色，一会儿看见朱元璋出现在另一艘战舰上，乃大为沮丧。双方鏖战到中午，汉军终于撑不住，溃败，抛弃的旗鼓器仗满布湖面，陈友谅只能收拾残部，转为防守。

两军相持三天，汉军屡战屡败，两员大将见大势已去，向朱元璋投降，汉军内部军心动摇。陈友谅又气又恼，下令把抓到的俘虏全部杀掉泄愤；朱元璋却反其道而行，将俘虏全部送还，并悼死医伤，因而大得人心。汉军分崩离析，士气更加低落，经过一个多月的对峙，加以军粮殆尽，计穷力竭，陈友谅决定孤注一掷，冒死突围。

汉军大举突围，企图进入长江，退回武昌，遭到朱元璋之前预设的伏兵邀击，乱战中，消息传来，陈友谅在船上中流矢，"贯睛及颅"（从眼窝贯入头颅），于是汉军纷纷来降，陈友谅的"太子"陈善儿也被擒。

在武昌的汉国将领拥立陈友谅的儿子陈理，隔年再被朱元璋兴兵讨伐，终于投降。经过鄱阳湖之战，陈友谅既死，南方其他割据势力已经不是朱元璋的敌手。接下来三四年，陆续讨平张士诚、明玉珍后，朱元璋才称帝，并派出远征军北伐，将蒙古政权逐出中国。

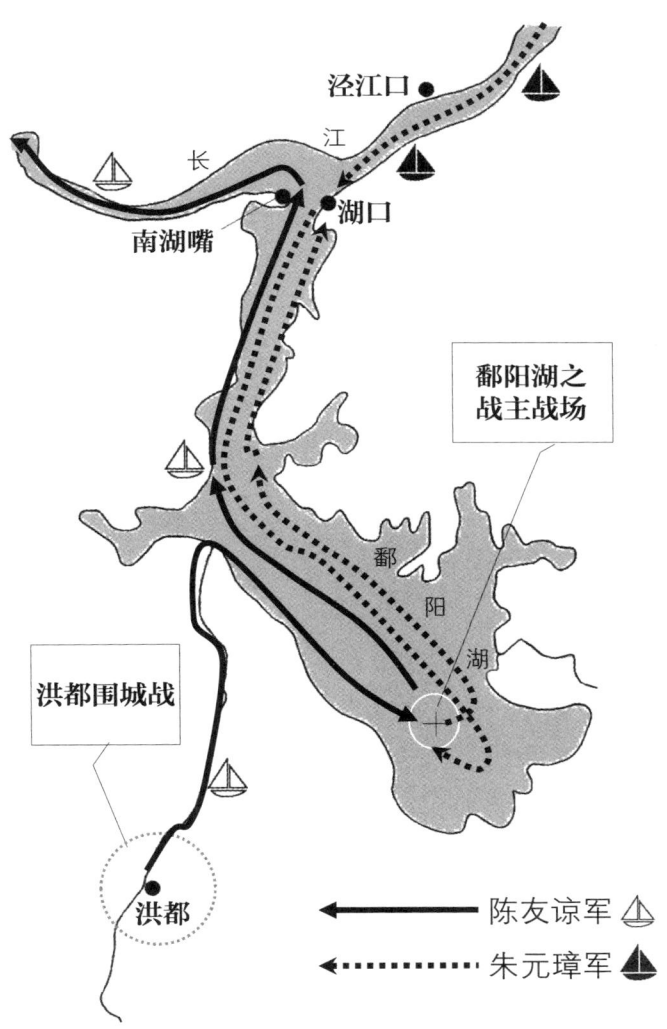

△鄱阳湖之战

(一八) 戚继光

近代中国的练兵宗师

朱元璋平定陈友谅、张士诚后才称帝,仍然定都应天,国号明。

大约同时期,日本也正逢巨大变局:南北朝。后醍醐天皇灭镰仓幕府后,进行王政复古,军阀足利氏起兵赶走后醍醐天皇,建立足利(室町)幕府,后醍醐天皇逃到吉野建立流亡政权,开始南北朝时代。三十年后,第三代将军足利义满继任,开始讨伐"南朝"(占有九州、四国等地区)的战争,与朱元璋平定张士诚相隔不到一年。

由于足利幕府有兵力优势，南朝又逢国丧，长庆天皇即位初期，承受不住北朝压力，因此九州军队为避敌而往海外发展，就形成了中国的倭寇之乱。当时明朝尚未北伐，倭寇侵犯沿海，都被官军击退、捕获。朱元璋为了集中兵力北伐，派使者"持诏谕日本国王良怀，令革心归化"。当时打交道的，其实是南朝的当权者怀良亲王，怀良也派出使者（僧人祖来）回报，并送还被倭寇掠夺的沿海中国平民，但是倭寇骚扰近海却始终不绝。

朱元璋再派人致书"日本王"，威胁要出兵攻打日本，怀良的回信文采华丽却措辞强硬，朱元璋以元朝征日的失败为前车之鉴，隐忍下来。后来宰相胡惟庸谋反，听说有"倭人"参与，明朝就切断与日本的往来，同时禁止沿海人民私自出海。

明成祖朱棣时，即使郑和下西洋，海军实力鼎盛，也未能完全阻止倭寇骚扰沿海。但由于足利幕府完成南北统一，日本国内政情安定，海上浪人减少，因此中国的沿海倭寇在明成祖及之后的八个皇帝时都只是癣疥之疾，直到一百多年后的嘉靖（明世宗朱厚熜）年间，才出现"日本诸道争贡，大掠宁波沿海诸郡邑"的记载。所谓"诸道"应该是指日本战国群雄，但如果是"争贡"，当不可能"大掠"，显然是粉饰太平的文字。

状况当然还是起于日本，这一百年间是足利幕府稳定统治，可是一旦足利幕府式微，进入战国时代（织田信长、丰臣秀吉、德川家康……），九州的浪人就有很多往海上发展，并且成为中国沿海的大患。

当时沿海的禁令未解除，海上有"番船"来，意味着"走私舶来品"，舶来品通常意味着暴利，于是开始有渔村里的浮浪之人跟倭寇勾结，渐渐地，倭寇盘踞一些无人居住的小岛为基地，然后有失志的儒生乃至做过官吏的人加入，担任倭寇的向导以及智囊。而那些"通倭分子"的宗族田产、老婆孩子竟然都没事，于是很多沿海渔村甚至整村都是倭寇同路人，还有僭称王号者。如此情况，才是沿海倭患难以根除的主因。

明朝政府用尽各种方法，海禁开了复禁，禁了复开，朝廷威信破产，倭寇则变本加厉。其中最厉害的几股势力，其实是中国人为魁首，包括汪直、徐海、毛海峰等，日本浪人反而当他们的先锋，接战时经常"赤体，提三尺刀舞而前，无能捍者"。等到北京（明成祖迁都北京）朝廷发现情况严重，必须派正规军进剿时，倭患已经在沿海生了根，而且耳目众多，官军来则走，官军走复来。官军若被贼寇逮到弱点，往往遭偷袭而全军覆没。能对付这种来去机动的贼寇的将领，只剩一个俞大猷，却无法照顾整个浙江沿海。

在这种窘况下，出现了一位军事天才，就是戚继光。

戚继光的父亲是明朝高级将领，曾经在北京掌理神机营（卫戍京城的特种部队，拥有新式火器的精锐之师），他继承父亲的武职，先被派去山东防倭，然后调浙江，那时已经是参将职等（正三品）。

戚继光初到浙江时，官军因久不训练而战斗力甚低，于是他请求招募三千人，教授搏击阵法，长短兵器配合使用，那是针对倭人长刀（武士刀）比中国传统单刀坚且利的战术需求。又鉴于江南多为水乡湖区，不利于长距离驰战，于是根据地形研制阵法，为了步战的方便，一切战船、火器、兵械都重新选择或调换。这是"戚家军"能够屡败倭寇、名扬天下的重要原因之一：兵胜，包括兵器、士卒与阵法。

另一个原因是：戚继光为将有勇有谋。一次，倭寇大肆劫掠桃渚、圻头（都在今浙江台州市周边），戚继光跟着倭寇后面跑，他扼守倭寇退路，连续进行三次伏击，将余寇逼进江中溺死。那一次戚家军九战九胜，戚继光本人手刃倭寇勇士（日本剑客）多人，浙东倭患一时平息，戚继光加俸禄三级，被调赴江西救援，征讨从福建、广东流窜过去的倭寇。

次年，倭寇大举进犯福建，包括福建本地和从广东北上的倭寇，还有在温州难以生存的余寇，在距离宁德城十里处的横屿安下大营，该岛屿四面皆为水路险隘，官军不敢贸然攻击，相持一年有余。新近到来的倭寇则屯聚在牛田，倭寇头目驻在兴化，互为犄角，彼此呼应，而官兵防备地方多了，力量也就跟着分散。

戚继光首先进攻横屿，担任先锋的士卒每人持一捆草，填平壕沟前进，大破敌营，杀死倭寇二千六百多人。乘胜追至福清，击败牛田倭寇，并捣毁其营地，倭寇余众逃到兴化。

戚继光急速追赶，半夜时分抵达倭寇屯聚之地，连续攻破六十营，杀倭一千多人。黎明入城，兴化人才知道"戚家军"来了，酒肉慰劳不断。

戚继光回师抵达福清时，正遇倭寇从东营澳登陆，击毙倭寇二百人。其他将领同时间也屡次击破倭寇，福建倭寇几乎肃清，于是戚继光"刻石纪事"而还。

"倭寇"是一个统称，在中国沿海此伏彼起，事实上无所谓"剿灭"，只能做到"平静"。由于戚家军让倭寇闻风丧胆，一时间沿海平静，同时期的平倭名将俞大猷、谭纶等个个升官，后来都被调去北方负责蓟州（今北京、天津一带）防务。戚继光被任命为神机营副将（首都卫戍副司令），征召浙江兵（戚家军）三千人入京。

浙江兵三千人开到，列阵于郊外，适逢大雨，自早晨至午后，笔直站立不动。北方兵大为惊异，从此知道军令的严肃。而这正是戚家军战绩彪炳的又一个原因：纪律严明。

戚继光由于练兵有方，不只是一代名将，而且是明清以来的练兵宗师。他练兵是从选兵开始，只收农民而不收"城市浮浪之徒"：凡属面皮白皙、眼神精灵、举止轻佻的人，一律摈弃。因为这种人都容易见利忘义，更是害群之马，一旦交锋，不但自己会临阵脱逃，还会唆使周围伙伴一起逃跑，万一被抓回去，则舌灿莲花嫁祸给伙伴。

选出这样的纯朴农夫，优点是吃苦耐劳，但是战术就不能太复杂（岳飞的散兵战术就不容易做到）。戚继光为此设计出一套"鸳鸯阵":一个战斗班十二人,队长一名、伙夫一名、战士十名。十名战士的配备:最前二人手持藤牌,之后二人手执"狼筅"(连枝带叶的长毛竹,长一丈三尺),后面四人执长枪为作战主力,长枪手之后二人携带"镋钯"(铁制农具,用以放置"火箭",其实是爆仗)。

这种战斗群用来对付倭寇还颇见效。倭寇常以日本浪人持武士刀在前冲锋,声势凌人,此时最前面的藤牌兵单膝跪地,藤牌立地稳住阵脚,如果倭人往两侧绕奔,后方两卒立即以狼筅将他们扫倒,让身后四名长枪兵可以简单刺杀敌人,两名持爆仗镋钯的士兵,使用的武器特殊,有吓阻敌人效果,负责掩护本班后方及侧翼。

换言之,鸳鸯阵是一个有机战斗体,需要每一成员密切配合,也就是必须经过操练、再操练,才能培养出互信与默契。另一个优点是,只要是戚家军,如果在乱战中打散了队形,任何一名队长都可以就近组织一个新的鸳鸯阵,发挥同样的战力。而鸳鸯阵最不需要的就是英雄,这对"自将领以下,十无一二能辨鲁鱼(十之八九不识字)"的农民兵来说,再适合不过了。

然而,鸳鸯阵用来对付海寇刚好,以之对付俺答(蒙古)的骑兵就不宜。戚继光后来担任蓟州总兵十六年,除了整顿出一套戚家军的严格纪律,他也发展出适合北方地形的战术编组与武器,其中最核心的成分是"偏箱车":以民间常用的骡马大车为基础,配备八片可折叠的屏风,平时放在车辕上,作战时打开竖立在两侧，几十辆这种战车可以并排衔接，构成环状或方形的阵地，基本上是以守为攻的概念。（想象好莱坞西部片的篷车队与印第安人作战景况。）

戚继光的偏箱车每车配备"佛郎机"（葡萄牙人传入的一种轻炮）两门，加上传统的火枪、鸟铳，共十名士兵附属于战车，再加上十名"杀手"，也就是前述鸳鸯阵的藤牌、狼筅、镋钯、长枪（或单刀）兵，二十人一个战斗群，同样战术简单、随时可以重新编组。

华北平原不同于江南水乡，一个军团包括骑兵三千人、步兵四千人、重战车一百二十八辆、轻战车二百一十六辆，在遭遇敌军时，骑兵先上前顶住，让战车有时间构成战斗队形，然后骑兵退入战车阵地内，来犯敌军进入射程（佛郎机射程约二百五十尺），各种炮、铳才依次开火。一个个战车阵地在平原上构成一整片交叉火网，蒙古骑兵伤亡惨重，不几年，明朝就跟俺答签下和约。北方只剩辽东还有零星冲突（女真人尚未崛起），有名将李成梁坐镇，不劳戚继光。

此时，戚继光向当朝宰相张居正提出：派北兵修筑长城。由于张居正的财政改革大成功，国库充裕，于是将明初徐达修筑的北京一带"边墙"，改以"瓮城"（空心敌台）形式，花了十年时间完成蓟州境内的长城。今天最受观光客青睐的八达岭长城，就是戚继光当时修筑的。完成后，张居正给戚继光的信上写："贼不得入，即为上功。蓟门无事，则足下之事已毕。"不久，张居正去世，戚继光被调为广东总兵，品秩不变，但远离帝都。一年后，张居正被身后清算，戚继光和李成梁都被参劾，最后李成梁没事，戚继光遭革职，理由居然是：张居正和戚继光没有造反的事实，却有造反的能力！

然而，戚继光的这种能力，也就是他平倭寇、败俺答的能力，也是他将不识字农民、散漫蓟州兵训练成百战劲旅的能力。

无论如何，一代名将的结局，是在贫病交迫中郁郁而终。留下来的是两本兵书：《纪效新书》是兵法与阵图，《练兵实纪》是训练手册，详细到士兵腰牌格式、营官训话模板，具体到临阵前两天，斥候必须每隔一个时辰报告敌情一次等。

戚继光的选兵、练兵方法，到清朝曾国藩练湘军时又发扬光大。曾国藩在八旗衰颓、绿营腐败、太平天国所向披靡的情况下，征召湖南的农夫投军保卫家乡，完全依照戚继光的两本兵书选兵、练兵、用兵，而成为清朝中兴名将。一直到民国时期，都还流传"无湘不成军"的名言，都是因为戚继光那一套将农夫练成劲旅的兵法。

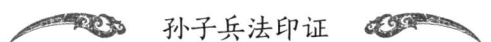 孙子兵法印证

> 戚继光以练兵著称，并不表示他没有智谋。以他大破横屿倭寇那一役为例，倭寇完全没有防备，因为自恃地形难攻，也就是《行军第九》：敌近而静者，

恃其险也。

可是戚继光想出了破解之道（每个士兵随身带一捆草，填豁而进），因此能"出其不意，攻其无备"，印证了《九变第八》：故将通于九变之利者，知用兵矣。"通"就是不拘泥，如果拘泥于横屿是"圮地"（水泽之地）而不进攻，就是庸将了。

事实上，戚继光在南方剿倭寇创"鸳鸯阵"，在北方抗俺答创"偏箱车"，正足以证明他做到了：

《地形第十》：故知兵者，动而不迷，举而不穷。故曰：知彼知己，胜乃不殆；知天知地，胜乃不穷。

意思是：真正懂得用兵的将领，作战目标绝对明确（不迷惑），一旦行动起来，绝不会陷入窘迫。所以说，戚继光能够知彼知己，战胜的同时，持草束攻横屿，军队不陷于海滩泥淖；鸳鸯阵迎战倭寇，士兵轻松杀敌；偏箱车正好克制俺答骑兵，都是明证。

一九 萨尔浒之战

大明从此不敢望关外

后世所称的明朝"中叶"其实差一点就是"末叶",接连好几个昏庸皇帝,加上宦官(如刘瑾)、权臣(如严嵩),几乎搞垮了大明王朝。全靠张居正财政改革成功,以及谭纶、俞大猷、戚继光、李成梁等名将撑持国防,号称中兴。可是张居正死后被清算,牵连戚继光被黜,谭纶、俞大猷去世,就靠一个李成梁坐镇辽东。等到李成梁去世,东北的女真族随即崛起。

女真族的领袖是努尔哈赤,他陆续吞并女真各部族后,称"汗",再征服漠南蒙古诸部,称帝,国号"金",史称"后金"。努尔哈赤眼光远大,他建立了"八旗"制度(政经军一体),更主导创制满文,使得后金加速脱离草原民族体制,进入帝国之列。

明朝视努尔哈赤称帝为叛逆,但决策不定,朝廷还在商议要不要出兵征剿,努尔哈赤已经出兵,分两路:左翼四旗进攻东州、马根单(均在今辽宁抚顺市),自率右翼四旗进攻抚顺,两路都顺利取胜,抚顺第二天就被攻下。

抚顺失陷,辽东地区的明军闻讯前往救援,与努尔哈赤正面交战。双方激战之时,突然风沙大作,明军迎风而战,陷入不利局面,最后被后金军全歼,包括总兵张承胤以及副将、参将、游击等多名将领皆阵亡。如此结果,在明朝方面是举朝震惊,在后金方面则是胆气陡壮。起初努尔哈赤还告诫八旗诸将,"自居于不可胜,以待敌之可胜",可是两天攻下抚顺,七天全歼明军,虏获人畜三十万,胜利来得太容易,于是乘胜进攻清河(今辽宁本溪市北)。

清河城四面环山,地势险峻,战略位置重要,有大路可直通辽阳、沈阳,为辽沈之屏障,明军有一万人驻守。努尔哈赤令装满貂皮、人参之车在前,引诱明军来抢,金军埋伏在车后突然杀出(《兵势第五》:故善动敌者,形之,敌必从之;予之,敌必取之。以利动之,以卒待之),明军大败回城,靠城上火炮顶住后金军攻势。

于是努尔哈赤命士兵顶着木板在城下挖洞,后金军遂从缺口突入城内。明军援军到达时，城已陷落，只得转回沈阳。努尔哈赤这下嚣张了，他将俘获来的一名汉人割去双耳，令其转告明廷："若以我为非理，可约定战期出边。或十日，或半月，攻城决战。若以我为合理，可纳金帛，以图息事。"

明朝虽然还不清楚八旗军有多厉害，可是从前的藩属居然口出悖逆之言，认为这是奇耻大辱，决定出动大军"速行清剿，一劳永逸"。派出的总经略是杨镐，起用李成梁的儿子李如柏为前将军，另征调已经回乡的将领杜松、刘綎。但这个阵容明眼人一看就知道败定了！

杨镐年轻时就有"未见敌奔溃"的事迹，此时"益老且懦"；李如柏的哥哥李如松一度接替老爸的辽东总兵职位，骁勇善战，但不幸战死，朝廷想的是借用李成梁的威名，但李如柏远不如老爸、老哥；杜松当时是"勒令回乡"状态，心理不平衡；刘綎虽然善战，却已"告老返乡"数年。

简单说，明廷根本没把后金放在眼里。正由于明朝心存轻敌，同时国库拮据，明神宗又不肯大幅动用内帑（皇家金库），于是开征"辽饷"（引起更多民怨，是造成后来流寇的主因），内帑只"补助"十万两（白银）。

经过十个月的准备，从全国各地调兵，大军终于出发了。杨镐为总经略，兵分四路：西路军为主力，由杜松率领王宣、赵梦麟等，兵力三万余人；南路军以李如柏为主将，率贺世贤等，兵力二万余人；北路军以马林为主将，率麻岩等，兵力二万余人；东路军以刘綎为主将，率一万余人，会同朝鲜兵为佯攻。总兵力十余万，号称四十七万，浩浩荡荡杀向后金都城赫图阿拉（今辽宁抚顺市郊），约期合围。

努尔哈赤当然不能让明军完成合围，也不能四面作战，于是定下"凭尔几路来，我只一路去"方针，也就是集中兵力，期以快速运动将明军各个击破。他以五百人虚张声势牵制李如柏军，右翼二旗赴吉林崖扼守险要，自己率五旗兵马前往萨尔浒山阻截明军主力：西路军杜松。

杜松也知道，挡在赫图阿拉之前的唯一险要就是萨尔浒山，因此星夜燃炬赶路，一日内冒雪急行百余里，直抵浑河岸。努尔哈赤派出小部队袭扰，杜松不畏严寒，竟赤裸上身率前锋渡浑河。杜松如此奋不顾身，是因为他得到情报，后金兵约一万五千人正于铁背山上的界凡城修筑防御。

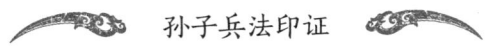

孙子兵法印证

《虚实第六》：凡先处战地而待战者佚，后处战地而趋战者劳。

杜松不是不懂《孙子兵法》这个道理，只因为萨尔浒山为必争之地，而铁背山上的界凡城则是萨尔浒山最险要之处。如果后金在界凡城的防御工事完成，他将陷于仰攻不利的处境。

问题在于，当杜松发现已经迟了，却仍然硬攻，忘记了《地形第十》"隘形者,……若敌先居之,盈而勿从"。

界凡城是赫图阿拉的咽喉要塞,过了界凡之后,便是一马平川(地势平坦),无险可守。杜松的策略是,留二万军队驻守萨尔浒,自己率一万军队进攻界凡城北的吉林崖。但是他不知道,努尔哈赤已经派四子皇太极(后来的清太宗)领二旗兵马驻守吉林崖。杜松军轻装渡河,火炮辎重都没带,等到全军强攻吉林崖,才发现敌军防守严密,兵力也不少,但是已经来不及改变战术。

努尔哈赤的后金军主力到达萨尔浒,时间已是申时(下午三点到五点),接近黄昏。努尔哈赤决定不援救吉林崖,而进攻萨尔浒的明军,料想只要破了萨尔浒明军大营,吉林崖明军必定动摇。

后金以五旗三万七千骑兵的绝对优势兵力攻向萨尔浒明军大营,负责守营的王宣、赵梦麟奋勇抵抗,怎奈寡不敌众,王、赵两人战死,明军溃败。于是,攻打吉林崖的杜松被前后夹击,战斗在杜松与几位将领先后阵亡后结束,明军西路军全军覆没。

这时候,明军北路军方才赶到。

北路军主帅马林早先听说杜松兼程赶路,认为杜松想要全揽功劳,下令北路军加速行军,可是被后金预先在行军路线上设置的障碍(挖深堑、垒木石)阻挡,辎重难行,迟滞两天，到达萨尔浒时，西路军已经全军覆没。（《虚实第六》：能使敌人自至者，利之也；能使敌人不得至者，害之也。）

马林即刻决定易攻为守，将全军分为三部：马林自率主力在尚间崖安营；监军潘宗颜则在飞芬山扎寨；加上杜松参将龚念遂勉强收拾残部，在斡珲鄂谟湖边整顿当中的人马，三部互为犄角，抵抗后金军。诸将苦劝不要分散兵力，未被马林采纳。

努尔哈赤研判龚念遂部是最脆弱的一环，集中兵力（三倍于马林全军）攻打龚念遂，龚军本来就是败战的惊弓之鸟，很快就被打开一个缺口，龚念遂战死，部队再度溃散。努尔哈赤毫不停歇，随即围攻马林所在的尚间崖大营，两军才一接触，马林胆小畏战，先行遁逃，副将麻岩战死，大营失守。

于是后金军包围飞芬山潘宗颜部。飞芬山大营环列火器、防守坚固，后金军伤亡很大，但明军毕竟寡不敌众，无法抵挡后金军不断进攻，潘宗颜阵亡。至此，北路军除主将马林率数千骑逃回开原外，全军覆没。

东路军刘綎的任务是佯攻，所以提前出发，孤军深入，因此完全不知道西路军与北路军已经败没。

刘綎所领这支军队，大半是征召南方各镇、卫的士兵组成，对辽东的酷寒气候极不适应，始终进展缓慢。起初攻势顺利，连克数寨；中间停下来等后继军粮，再进军四十余里，击败后金军五百人小部队；再等待雪停渡河，渡河后与后金军激战获胜，推进至距离赫图阿拉约七十里的阿布达里冈。

努尔哈赤已经从萨尔浒山回到赫图阿拉,他派出归顺后金的汉人士兵,令其伪称是杜松部下,诱骗刘𫄧深入。

刘𫄧听信间谍之言,急着想要"与杜松分功",下令轻军疾进。阿布达里冈地形重峦叠嶂,山间多羊肠鸟道,刘𫄧甚至下令军队"单列鱼贯而进"。

此时,后金军已经完成布置:努尔哈赤自领二万大军防备明军南路李如柏部,命三个儿子(代善、莽古尔泰、皇太极)在阿布达里冈布下天罗地网。当刘𫄧率军到达时,先是遭皇太极由山顶往下攻打,侧翼再受代善突击,明军败退瓦尔喀什山,然后又被假扮杜松军的后金军打了个猝不及防,全军大乱,往旷野败逃,陷入后金军包围,刘𫄧战死,全军覆没。

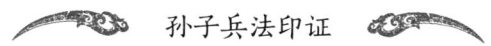

孙子兵法印证

《行军第九》:凡地,有绝涧、天井、天牢、天罗、天陷、天隙,必亟去之,勿近也。

"绝涧"指两山之间的河流之地;"天井"指四面高山而水流汇集之地;"天牢"指三面高山易入难出之地;"天罗"指草木茂密难以施展之地;"天陷"指地势低陷车骑不通之地;"天隙"指两山之间的狭道。

刘𫄧不但一头往里栽,更不派斥候四出搜索,自己战死活该，却害死了数万军队。

出师最晚的是南路军李如柏，李如柏受父亲李成梁、哥哥李如松的威名庇荫，虽不能说是浪得虚名，但实际上没有打赢过什么大战。晚年再获征召，内心贪生怕死，毫无战意，又因为担任后发预备军，于是进军缓慢。

及至接到战报，西路、北路军相继覆没，李如柏大惊失色，副将贺世贤力促火速进军，援救东路军刘綎，李如柏全然不采纳。等到总经略杨镐闻讯，下令李如柏回师，李如柏接令后，即刻下令全军班师，这支未曾交战的军队，回军途中竟然还大肆掳掠，因而走走停停，被后金军追击，奔走相践，死者千余人。

经此一战，后金当然不再对大明臣服，明朝在关外则从此只能采取守势。往后的开铁之战、宁锦之战都可视为萨尔浒之战"推倒第一块骨牌"的后续效应，清兴明亡只是时间问题了。

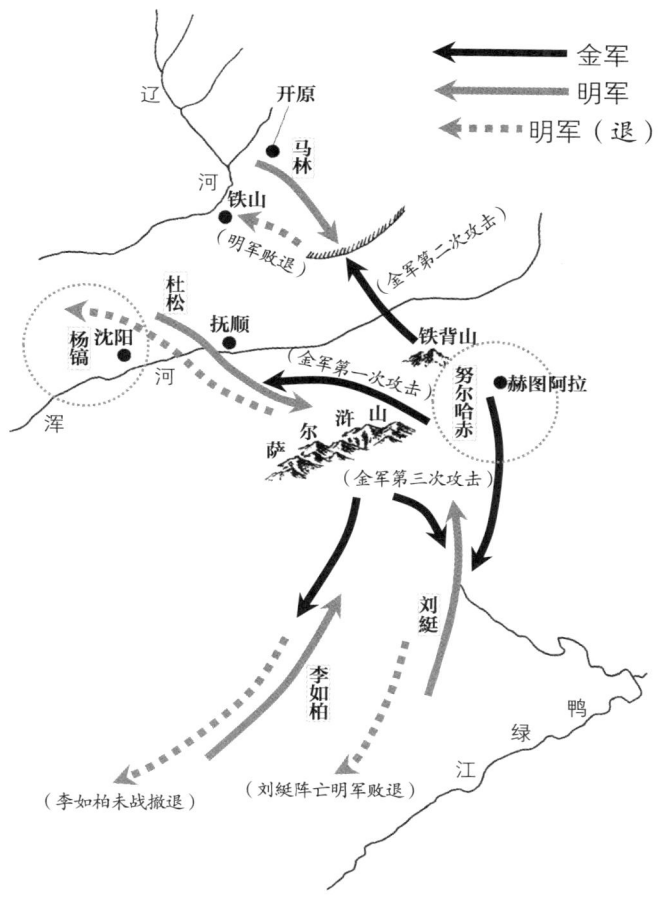

△萨尔浒之战

㉛ 左宗棠

政治军事财政算计高手

左宗棠是"湘军三大帅"之一（另两位是曾国藩、胡林翼），他同时也是晚清政治、财政名臣，而这三项长才，都在平定回民起义中发挥无遗。本章省略他对太平天国与捻军的战功，专注于平定回民起义及与俄国人隔空斗智的过程。

班超威震西域时的疏勒，后来被龟兹征服，在突厥称霸大草原时，又臣服于突厥（今地名喀什，即源自突厥语，意思是"玉"）。唐朝安史之乱后，西域都护府被撤，疏勒成为吐蕃与大食（阿拉伯帝国，四大哈里发时代）争夺的对象。

十世纪时，伊斯兰教成为喀喇汗王朝的国教，并征服于阗，结束近百年的战争。之后，喀什陆续臣服于察合台汗国、帖木儿帝国、准噶尔汗国，最后并入大清帝国，满清派驻"总理回疆事务参赞大臣"，管理回部军政要务。

太平天国与西方列强对大清帝国交相逼迫造成内忧外患的同时（十九世纪中叶），新疆的回族、维吾尔族相继变乱，回部大臣向邻近的浩罕汗国（今哈萨克斯坦、乌兹别克斯坦、塔吉克斯坦与吉尔吉斯斯坦的部分地区）求援，浩罕的援军指挥官阿古柏趁势占据整个新疆回部，自称埃米尔（源自阿拉伯语，意思是"最高领导人"），从浩罕汗国独立出来，建立毕杜勒特汗国，并得到俄罗斯和英国的承认。

事实上，英、俄两个帝国当时正在欧亚大陆进行势力范围的争夺，从黑海、里海、中亚，一直到了新疆。英国率先给予阿古柏承认，并且从它在亚洲最主要的殖民地印度派出技术人员，帮助阿古柏在喀什建立军工厂，希望借阿古柏的力量，将俄国的势力扩张阻挡在天山以北。

俄国反应也很快，立即跟阿古柏签订条约，并邀请阿古柏访问圣彼得堡，安排他去见奥斯曼帝国的苏丹（统治者），让毕杜勒特汗国在伊斯兰世界获得了合法地位。英国一看不对，马上加大了对阿古柏的援助，维多利亚女王亲笔致信阿古柏，双方签订"英阿条约"，并互派大使。

大清帝国当时是"同治中兴"时期，但实质上则是两宫太后跟小舅子恭亲王奕䜣"同治"。太平天国与捻乱才告平定,海上又生事:日本以琉球船民被害为借口,发兵台湾,勒索白银五十万两。于是在恭亲王奕䜣主导之下,将"练兵、简器、造船、筹饷"列为当务之急。左宗棠当时是闽浙总督兼船政大臣,筹划在福州马尾创设中国第一个现代化造船厂(由继任者沈葆桢完成)。但由于陕甘发生回民起义,出身湘军将领的杨岳斌无力解决,清廷派左宗棠为陕甘总督,责成平息"回乱"。

左宗棠拟定战略:"进兵陕西,必先清关外(函谷关以外)之贼;进兵甘肃,必先清陕西之贼;驻兵兰州,必先清各路之贼。"于是先肃清陕西以外的捻军残部,击败并降服陕北的汉人武力董福祥,为湘军增加了二万兵力;然后追击败退的陕西回军,进入甘肃。由于回部领袖马化龙叛而复降、降而复叛,湘军一度受到重挫,退回陕西,清廷加派李鸿章"协办陕甘军务",肃清了陕西回民起义。李鸿章很快因天津教案调回北京担任直隶总督,然而李、左两人却是从那时候开始交恶。

陕甘回民起义随马化龙父子被杀而结束,左宗棠进驻兰州。回部领袖马占鳌投降,另一股势力白彦虎退出青海,遁入新疆依附阿古柏,马占鳌认为那是他日之患,乃对左宗棠进言"趁势收复新疆"。左宗棠盱衡情势,认为英国在新疆不是俄国对手,新疆若落入俄国人手中,必成为中国他日之患,因此上书清廷,提出收复新疆的主张。于是北京朝廷乃发生"海防论"与"塞防论"的争议,两方的领袖正是意气用事、甚至已经水火不容的李鸿章与左宗棠。

以当时大清帝国的财政、军事状况，实无力量"海陆并举"，可是左宗棠抓住了一个要点：慈禧太后跟恭亲王奕䜣的矛盾。

由于奕䜣主持总理各国事务衙门，是洋务派的领袖，李鸿章则是外朝群臣中的洋务派大将，而围绕在慈禧太后周围的多半是保守派亲贵，于是左宗棠上了一道折子，大谈拱卫京师安定：大清定都北京，蒙古环卫北方，与陕甘以至新疆实为一整体。新疆不固，则蒙古不安；蒙古不安，京师亦无晏眠之日。故西北"名虽为边郡，实则如腹地"，必须视为一个整体"分屯列戍，斥候遥通"，方能令外人无隙可乘。如今新疆之乱（阿古柏、白彦虎）背后，其实是俄国"狡焉思逞"，即使暂时节制兵事，也不可能打消对方的野心。不如趁列强尚未大举介入，集中兵力绥靖（安定）新疆，如此方可绝后患。这番话深得保守派之心，群起支持"塞防论"，因此慈禧太后与光绪皇帝分别下诏支持左宗棠乘胜西征。

当然，"海防派"提出了各种质疑，给左宗棠"穿小鞋"。对此，左宗棠提出新的战略说法："缓进速决"，化解了政敌的干扰。

"缓进"，就是积极治军，军队整顿完成才开战。左宗棠计划用一年半时间筹措军饷，积草屯粮，整顿军队，减少冗员，增强军队战斗力。包括自己的主力湘军，也剔除空额，汰弱留强。他还规定，凡是不愿出关西征的，"一律给资，遣送回籍"。

"速决",就是考虑国库空虚,为了紧缩军费开支,大军一旦出发,必须速战速决,力争在一年半左右获取全胜,尽早收兵。因此,在申报军费预算时,左宗棠亲自做了调查和精微的计算:他从一个军人,一匹军马,每日所需的粮食草料入手,推算出全军八万人马一年半时间所需的用度。然后,再以一百斤粮运输一百里为一个单位,估算出全程的运费和消耗;甚至连用毛驴或骆驼驮运,还是用车辆运输,哪种办法节省开支都做了比较。经过周密计划,估算出全部军费开支共需白银八百万两,同时考虑打仗必有很多意外开支,左宗棠向朝廷申报一千万两。

当时主管财政的军机大臣沈葆桢是湘军出身,当然大力支持左宗棠,可是左宗棠呈上来的西征军费预算,金额委实太巨,只能想办法摊派给各省,从地方财政收入里"挤"出来,可是这样肯定无法一时凑齐,有贻误戎机之虞。于是透过满人军机大臣文祥安排,左宗棠亲自去向皇帝和慈禧太后陈述,得到皇帝御批:"宗棠乃社稷大臣,此次西征以国事而自任,只要边地安宁,朝廷何惜千万金,可从国库拨款五百万,并敕令允其自借外国债五百万。"算是解决了财源问题。

有了财源,还得有新式武器,才能跟阿古柏的军队(英国军工厂制造武器)对抗。为此,左宗棠建立"兰州制造局",由广州、浙江调来熟练工人,在兰州制造西征所需武器，还仿德国的螺丝炮与后膛七响枪，改造中国的劈山炮和无壳抬枪。有了武器，还得被服，于是又建"甘肃织呢总局"，那是中国第一个机器纺织厂。

等到有钱、有兵、有粮、有被服，左宗棠的西征战略也定案：欲收伊犁，先定迪化（今乌鲁木齐市），也就是先安定新疆回部，攻克迪化城之后，大兴屯田，以保证后勤供应不绝，此举并有"安抚新疆各部族耕牧如常"的功效。如此，"即不遽索伊犁，而已稳然不可犯矣。乌域形势既固，然后明示以伊犁，我之疆索，尺寸不可让人"。这个战略是考虑俄国"国大兵强，难与角力"，所以急取迪化、缓索伊犁。

大军出征之前，左宗棠先命西征军先锋统帅张曜，驻军哈密兴修水利、屯田积谷，第一年就收获粮食五千一百六十余石，基本上可以解决该部半年军粮所需。张曜行军途中还有一个任务：在未来大军必经的路线上遍栽柳树，使军士得以稍缓烈日曝晒之苦。河西走廊至今仍可见"左公柳"。

此外，为运输军粮，左宗棠又建立了三条路线：一是走河西走廊，出嘉峪关至哈密；二是由包头经蒙古草原至新疆巴里坤；三是从宁夏经蒙古草原运至巴里坤。如此复杂安排可以保证粮草接济无虞。

大军正式出发，号称马、步、炮军一百五十余营，总兵力八万人，但实际开往前线只有五十余营、二万多人。

左宗棠自己坐镇兰州，主力分南北两路，到哈密会齐。行军战术则采"千人一队，隔日进发一队"方式，那是考虑西征大军是"客军深入",避免遭遇伏击甚而被全歼的分散风险措施。好在能够顺利通过一千七百里戈壁,大军进入哈密后,军粮、补给才陆续运抵,然后刘锦棠的前锋部队迅速占领济木萨(今吉木萨尔县)。(前面是"缓进",大军既已集结,就要"速决"。)

南北两路大军会合进攻迪化。大军经过三个多月的战斗,攻克迪化,白彦虎逃到托克逊(今吐鲁番市境内);北路荡平,转攻南路,攻克托克逊,阿古柏逃往喀喇沙尔。西征大军再攻克吐鲁番,南路门户大开,阿古柏服毒自杀,两个儿子内斗,哥哥杀死弟弟,率残部逃往喀什,白彦虎则率余众逃窜到开都河一带。

西征军事顺利,北京的"海防派"见状,运作发出饬令:"廷臣聚议,西征耗费巨款,今乌城、吐鲁番既得,可以休兵。"左宗棠上疏抗旨,据理力争。慈禧太后看罢他的奏章,降旨"收复新疆,以竟全功"。

这时候,俄罗斯跟土耳其发生战争,南路主帅金顺建议左宗棠乘虚袭取被俄国霸占的伊犁。左宗棠认为"师出无名,反遭其谤",留着伊犁不打。大军向西挺进,先收复南疆东四城:喀喇沙尔、库车、阿克苏、乌什;接着收复西四城:喀什噶尔、英吉沙尔、叶尔羌与和阗。阿古柏的长子胡里与白彦虎都逃往俄国。至此,这场由英、俄两国支持的阿古柏之乱,乃告平息。

左宗棠"留着伊犁不打"，不尽然是"打不过不打"，而是想寻求政治途径取回伊犁。

他先上书清廷，力陈在新疆"设省"的理由。一方面，设了省，就有各级政府，有税收、有驻军，必要时还能号召居民团结保乡卫国。另一方面，他建议清廷派使节跟俄国谈判让其归还伊犁，于是清廷派崇厚出使俄罗斯。可是俄国很诈，一边跟崇厚谈判，一边让白彦虎、胡里不断侵扰边境，并且恫吓崇厚"不允所求即停止谈判"，逼使昏庸的崇厚签下《里瓦几亚条约》，条文极尽屈辱之能事，崇厚因此被弹劾下狱。清廷改派曾纪泽出使俄国，重新议约。

曾纪泽是曾国藩的儿子，左宗棠跟曾纪泽商量，"若俄国一意孤行，应以武力为后盾"。于是左宗棠亲自领兵屯驻哈密，兵分三路（金顺、张曜、刘锦棠）进兵伊犁，号称四万大军。但是，对俄国人构成最大压力的却是"心战"：左宗棠将他为自己预备的棺木，从兰州运到了哈密！

俄国闻讯，一方面增兵伊犁，一方面派太平洋舰队游弋中国沿海，天津、奉天（今辽宁）、山东纷纷报警。但事实上，俄国刚打完俄土战争，并无意在东亚再启衅端，同时评估"纵使打赢也得不偿失"（伊犁没有太大经济以及战略价值）、"万一打垮了大清，后事不可预料"，于是在谈判桌上让步。曾纪泽与俄方签订《中俄伊犁条约》(《中俄改订条约》)，俄国归还伊犁，但割去"霍尔果斯河以西"土地，中国赔偿兵费九百万卢布（折合当时白银五百余万两）。

那仍然是一项不平等条约，但是在那一段时间，清廷跟列强其实没有签"平等条约"的空间，所以，曾纪泽与左宗棠联手，外交加武力，能够签下如此条件的条约，堪称煞费苦心。

左宗棠除了是一代名将，说他是政治、财政方面的精算大师，绝不为过。

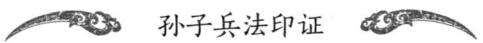

孙子兵法印证

本书记载的名将中，左宗棠堪称最得孙武真髓。

孙武向吴王阖闾呈献兵法十三篇，目的在说服吴王出兵伐楚。而他开宗明义就说：

> 《始计第一》：兵者，国之大事，死生之地，存亡之道，不可不察也。

立即就跟阖闾"接上了线"，因为吴王阖闾虽然怀抱雄心壮志，却对伐楚一事始终迟疑不决，根本原因就在于，楚大吴小，即使胜利也无法占领，万一败战则可能导致灭国。而孙武在十三篇中，始终贯彻"先胜后战"思维，是他消除阖闾心中疑虑的第一要素。

而左宗棠也明白，两宫太后只担心北京安危，不重视西北乱事，很容易倾向海防派。于是他提出"新疆、陕甘、蒙古、满州"一体论，新疆若不固，会影响满州龙兴之地，最终使得京师不安。这一招，确定了太后跟皇帝支持塞防派。

同时左宗棠也很清楚，朝廷最大的困难在财政，因此他预先做了最精密的计算：

《作战第二》：则内外之费，宾客之用，胶漆之材，车甲之奉，日费千金，然后十万之师举矣。

《孙子兵法》这一段的真义，就在于必须精算、必须节省、必须速战速决。而左宗棠在进兵新疆的战事上，确实做到了精算与速决。至于"节省"，他集结了大军，可是并未全数出动，最终没有耗尽全数一千万两。

西征先锋军驻军哈密，修水利、屯田积谷、行军途中栽植柳树，都符合《作战第二》"国之贫于师者远输，远输则百姓贫"的思考，尽量减少后方运输粮草到前线的费用。

对俄罗斯最终没有开火，而是外交与军事相生相济，虽然赔了款，但收回伊犁，称得上《军形第四》：故善战者之胜也，无智名，无勇功。……立于不败之地，而不失敌之败也。在国家处处屈辱之时，左宗棠能够"立于（另类的）不败之地"，而掌握到"敌之败"（俄罗斯不想打），确实不简单。